文春文庫

空《うつ》蟬《せみ》ノ念《ねん》

居眠り磐音（四十五）決定版

佐伯泰英

文藝春秋

目次

「居眠り磐音」主な登場人物

坂崎《さかざき》磐音《いわね》
元豊後関前藩士の浪人。直心影流の達人。師である養父・佐々木玲圓の死後、江戸郊外の小梅村に尚武館坂崎道場を再興した。

おこん
磐音の妻。磐音が暮らした長屋の大家・金兵衛の娘。今津屋の奥向き女中だった。磐音の嫡男・空也《くうや》と娘の睦月《むつき》を生す。

今津屋吉右衛門《いまづやきちえもん》
両国西広小路の両替商の主人。お佐紀《さき》と再婚、一太郎らが生まれた。

由蔵《よしぞう》
今津屋の老分番頭。

佐々木玲圓《ささきれいえん》
磐音の義父。内儀のおえいとともに自裁。

速水左近《はやみさこん》
幕府奏者番。佐々木玲圓の剣友。おこんの養父。

松平辰平《まつだいらたつぺい》
佐々木道場からの住み込み門弟。父は旗本・松平喜内《きない》。

重富利次郎《しげとみとしじろう》
佐々木道場からの住み込み門弟。土佐高知藩山内家の家臣。

霧子《きりこ》　雑賀衆の女忍び。尚武館道場に身を寄せる。

弥助《やすけ》　磐音に仕える密偵。元公儀御庭番衆。

小田平助《おだへいすけ》　槍折れの達人。尚武館道場の客分として長屋に住む。

品川柳次郎《しながわりゅうじろう》　北割下水の拝領屋敷に住む貧乏御家人。母は幾代《いくよ》。お有《ゆう》を妻に迎えた。

竹村武左衛門《たけむらぶざえもん》　陸奥磐城平藩下屋敷の門番。妻は勢津《せつ》。早苗など四人の子がいる。

笹塚孫一《ささづかまごいち》　南町奉行所の年番方与力。

木下一郎太《きのしたいちろうた》　南町奉行所の定廻り同心。

徳川家基《とくがわいえもと》　将軍家の世嗣。西の丸の主。十八歳で死去。

小林奈緒《こばやしなお》　磐音の幼馴染みで許婚《いいなずけ》だった。小林家廃絶後、江戸・吉原で花魁《おいらん》・白鶴《はっかく》となる。前田屋内蔵助に落籍され、山形へと旅立った。

坂崎正睦《さかざきまさよし》　磐音の実父。豊後関前藩の藩主福坂実高《ふくさかさねたか》のもと、国家老を務める。

田沼意次《たぬまおきつぐ》　幕府老中。嫡男・意知《おきとも》は若年寄を務める。

『居眠り磐音』江戸地図

新吉原
尚武館坂崎道場
山谷堀
東叡山 寛永寺
竹屋ノ渡し
向島
忍ケ岡
上野
浅草
待乳山
聖天社
三囲稲荷
下谷車坂町
不忍池
浅草寺
花川戸町
今戸橋
田原町
常泉寺
小梅村
下谷広小路
新寺町通り
新堀川
源森川
安藤家
下屋敷
吾妻橋
業平橋
御厩河岸ノ渡し
品川家
首尾の松
十間川
北割下水
吉岡町
今津屋
本所
法恩寺橋
和泉橋
天神橋
新シ橋
石原橋
南割下水
柳原土手
浅草御門
両国橋
入江町
横川
金的銀的
小伝馬町
回向院
竪川
薬研堀
松井橋
浮世小路
鰻処宮戸川
大川
若狭屋
六間堀
魚河岸
猿子橋
新高橋
鎧河岸
日本橋川
新大橋
小名木川
日本橋
鎧ノ渡し
万年橋
霊巌寺
深川
砂村新田
永久橋
楓川
亀島橋
佐賀町
金兵衛長屋
霊岸島
八丁堀
永代橋
仙台堀
永代寺
鉄砲洲
富岡八幡宮
越中島
佃島
堺橋

護国寺
中山道
日光御成街道
面影橋
小石川
伝通院
本郷
下谷茅町
石切橋
牛込
豊後関前藩上屋敷
湯島天神
水道橋
神田川
神田明神
牛込御門
稲荷小路
表猿楽町
元尚武館佐々木道場
駿河台
筋違橋御門
昌平橋
田安御門
市谷八幡宮
神保小路
九段坂
俎橋
雉子橋
内藤新宿
四谷大木戸
市谷御門
一橋御門
千鳥ヶ淵
鎌倉河岸
善国寺谷通
江戸城
神田橋
四谷
麹町
四谷御門
本丸
大手御門
半蔵御門
一石橋
道灌堀
西の丸
紀尾井坂
平川天満宮
和田倉御門
赤坂御門
馬場先御門
鍛冶橋御門
南町奉行所
京橋
数寄屋橋御門
清水谷
溜池
三十間堀
木挽橋
氷川明神
原宿
愛宕権現
芝口橋
木挽町
長谷寺
増上寺
宝泉寺
芝
赤羽橋
麻布村
麻布広尾町

空蟬ノ念

居眠り磐音（四十五）決定版

第一章　肱砕き新三

一

凛《りん》として高貴な白梅から絢爛《けんらん》たる里桜に移りゆく季節は、なににも増して美しく、人々を華やいだ気分にさせた。

江戸でなくとも浮かれ騒ぎたくなる時節であった。

天明《てんめい》四年（一七八四）の弥生《やよい》三月も半ば、いつしか桜の季節も過ぎ去り、葉桜が小梅村の隅田川土手を覆って風に揺れていた。

天明の大飢饉《だいききん》が陸奥《むつ》一円から関八州《かんはっしゅう》へと移ってきて、幕府は、米価高騰による庶民の騒ぎを恐れ、関八州、陸奥、出羽《でわ》、信州《しんしゅう》の百姓に余剰米の放出を命じた。

だが、どこにも余剰米などあるわけもなく、江戸近くの多摩《たま》郡の幕府御料地の百姓が、米価高騰に便乗して雑穀《ざっこく》を買い占めた米問屋、穀屋《こくや》を襲う騒ぎが起こった。江戸は暗い春だった。

そんな小梅村では、松平辰平《まつだいらたっぺい》の静かな張り切りぶりが同輩たちの話題になっていた。

二月《ふたつき》後に迫った「尚武館《しょうぶかん》改築祝い 大名諸家対抗戦」の出場資格を有する二十歳以下の門弟は、速水杢之助《はやみもくのすけ》、右近《うこん》兄弟、設楽小太郎《したらこたろう》、小野寺元三郎《おのでらげんざぶろう》、逸見源造《いつみげんぞう》、羽田六平太《はだろっぺいた》の六人だった。この六人の中から尚武館坂崎《さかざき》道場の出場者三人が決まる。

この日、出羽本荘《ほんじょう》藩の家臣小野寺元三郎は江戸藩邸の藩務で小梅村に稽古《けいこ》に来られず、辰平が残り五人を相手に稽古をつけていた。

重富利次郎《しげとみとしじろう》は豊後《ぶんご》関前《せきまえ》藩の江戸藩邸に若手連を中心とした家臣の指導に出かけていた。こちらも対抗戦に出場する二十歳以下の家臣の指導だった。

「右近どの、気持ちが逸《はや》りすぎて上体と下半身がばらばらです。よろしいか、常に五体の均衡を保つことが大事です。まず、基本の素振《すぶ》りを百回ほどしなされ。急ぐことはない、坂崎先生の教えどおり、ゆったりと構えて、五体の動きを確かめながら一本一本丁寧《ていねい》に素振りをするのです」

辰平は、動きの調和が崩れた右近に直心影《じきしんかげ》流の基本に立ち戻るよう諭《さと》した。右近が素振りにかかったのを見た辰平は、

「逸見源造どの、お待たせしました」

と誘いかけた。

十八歳の逸見は、磐音《いわね》が小梅村に、

「直心影流尚武館坂崎道場」

の看板を掲げた折り、入門した新弟子の一人だ。

本所松倉町《ほんじょまつくらちょう》の御家人徒組《かちぐみ》七十俵五人扶持《ぶち》の逸見家の嫡男《ちゃくなん》であった。
十三、四歳より父親丹次郎《たんじろう》から一刀流の基礎を習ってきた。ために入門した折り、剣術のひととおりはできた。だが、癖のある剣術が身についていることをすぐに察した磐音は、逸見の入門当初、
「ようここまで父御《ててご》の剣術指南に従うてこられましたな。父御の教えは忘れてはなりませぬ」

とこれまでの研鑽《けんさん》を認めた上で、

「されど直心影流尚武館の門を叩《たた》いた以上、わが流儀を最初から学び直していただきます。それで宜《よろ》しゅうござるか」

「父には、わが自己流儀の一刀流の教授はもはや限界、小梅村に先の西の丸家基《いえもと》様の剣術指南坂崎磐音氏が看板を掲げられたのもなにかの縁である、初心に返り、真っさらな気持ちで坂崎磐音氏の剣術を修行せよと命じられました。ぜひ直心影流の初歩からご伝授くだされ」

と誠心誠意願い、入門を許された。

そこでこの一年余、これまで身についた悪癖を削《そ》ぎ落とすために、小田平助《おだへいすけ》から槍折《やりお》れの棒振り稽古で四肢を鍛えられ、磐音や先輩衆から素振りの折りに足の運びなどを徹底的に教え込まれて、間違った体の動きがようやく直心影流のそれに変わってきたところだ。

「お願い申します」

逸見はこの一年余でまず体付きがどっしりとして、腰が安定していた。ために打ち込みに力が加わり、三本に一本はびしりと胴打ちや面打ちが決まるようになっていた。むろん、それは辰平が、

「打ち込み」

の感触を体に覚え込ませるために逸見に叩かれにいったからだ。

互いに正眼《せいがん》に構えた瞬間、逸見が素早く動いて、

「ご免」

と叫びながら面打ちを放った。

引き付けた辰平が、攻め急いだために上体が流れたまま打ち込んだ逸見の竹刀《しない》を弾《はじ》くと、翻《ひるがえ》った辰平の竹刀が加減をしながらもしなやかに胴を見舞った。

逸見がその一撃で床に転がった。

「おおっ」

と思わず驚きの声を発しながらも素早く立ち上がった逸見が竹刀を構え直した。

「逸見どの、竹刀を下ろしなされ」

はっ、と返答をして構えを解いた逸見に、

「気が逸りすぎております。なにごとも焦りは禁物、不用意な剣術の先《せん》の先《せん》は決して有利とは言えません。相手の出方次第で後《ご》の先《せん》が利することもたしかです。なにより、やってはならぬのは、心身ばらばらで攻め急ぐことです。そなたの動きはすべて相手に悟られる。それがしの仕掛けを見て、応じてごらんなされ」

辰平が懇切に一段進んだ稽古を告げ、改めて竹刀を構え直させた。むろんこのような指導策は磐音に相談した上でのことだった。

辰平は実家を訪ねた折り、湯島天神に詣《もう》で、筑前博多《ちくぜんはかた》から江戸への道中にある箱崎屋《はこざきや》一行の無事を祈った。辰平の胸中には、箱崎屋の末娘お杏《きょう》に恙無《つつがな》く江戸入りしてもらいたいとの想いがあった。

その心の隙《すき》を田沼《たぬま》一派が差し向けた北町奉行所内与力《うちよりき》猫田《ねこた》金次郎《きんじろう》らにつけ込まれ、なんと小伝馬町《こでんまちょう》の牢《ろう》屋敷の女牢に閉じ込められるという失態を演じた。

辰平が相手方を信頼したのは、口利《くちき》きをした渡辺裕五郎《わたなべゆうごろう》がこれまた北町奉行所同心で、神保小路《じんぼうこうじ》の佐々木《ささき》道場時代の門弟であったからだ。

辰平は北町奉行所内与力という猫田の身分と、かつての門弟仲間であった渡辺裕五郎を信用し、奸計《かんけい》に落ちたのだ。

辰平は心の隙を突かれたことを恥じながらも、磐音らが助けに来てくれることを信じ、お杏との再会を念じて牢屋敷で待ち続けた。そして、磐音自らが率いた弥助《やすけ》、利次郎、霧子《きりこ》、小田平助の五人のみで牢屋敷に押し入るという大胆不敵な行動によって救出された。

辰平はこの失態を深く恥じ、これまで以上に稽古に勤《いそ》しみ、年下の門弟らの指導に力を入れてしくじりを忘れようと努めた。だが、この一事は辰平の胸底に深く突き刺さった、

「負の棘《とげ》」

となって残った。

それが辰平を自らへの猛稽古と若手指導へと駆り立てていた。また、そんな中にあっても辰平は、若手への稽古相手では逸ることなく、これまで以上に物静かに指導していた。

それは利次郎や霧子には傍目《はため》にも痛々しく映じた。だが、辰平の心の傷をだれも口にすることはなかった。

そんな辰平のかたわらでは田丸輝信《たまるてるのぶ》が、羽田六平太の稽古相手を務めていた。

十六歳の羽田は横川と源森川《げんもりがわ》が接するところ、業平橋《なりひらばし》東側にある遠江横須賀《とおとうみよこすか》藩西尾《にしお》家の抱え屋敷の小姓であった。幼少より小太刀を学んできたため、こちらも剣術の素養は一応あった。だが、まだ体ができていないこともあり、利次郎に木刀の持ち方から徹底的に直されて、それでも必死に厳しい指導に食らいついていた。なにより気性がさっぱりしていて、物に動じないところが六平太のよいところで、本日も、

「輝信さん、平助爺様の槍折れの稽古は飽きました。ひとつ、竹刀での稽古を願います」

と自ら頼み込んで稽古を始めたが、輝信の容赦のない指導ぶりに、数えきれな

いほど床に転がされていた。床板に胡坐《あぐら》をかいた六平太が恨めしそうに輝信を見上げた。

「六平太、おぬしには小太刀の良さと悪さが残っておるわ。のんびりとした間合いの取り方など、いささか実戦剣法から外れておらぬか」

「おかしゅうございますな。それがし、尚武館に入門した折りに小太刀の術を封印したのでございますが。どうして輝信さん方のように独楽鼠《こまねずみ》のごとく迅速に動けぬのか」

「なにっ、かように美男の独楽鼠がおるものか」

「美男の独楽鼠ですと。驚き桃の木山椒《さんしょ》の木だ」

「余計なことは言わんでよい。そなたはまだ体ができておらぬ。直心影流の基本《もとい》を学び直せ。その前に体をしっかりと作ることが大事。それには小田平助様の槍折れの稽古がいちばんじゃぞ」

「あれは屋敷に戻っても腕が強張《こわば》って、飯を食う箸《はし》も持てぬほどに草臥《くたび》れます。小太刀とは雲泥《うんでい》の差です」

「皆が通ってきた道じゃ。それでこそ田丸輝信の今がある。神保小路時代を承知の門弟はすべてそうじゃ」

輝信が依田鐘四郎《よだかねしろう》ら先輩から受けていた注意を、そのまま借りて六平太に言い、

「ふうーん、ならば霧子さんもですか」

と六平太が問うた。

「むろん霧子は女子ゆえ槍折れの稽古はわれらほどには熟《こな》しておらぬ。だが、霧子を侮《あなど》ると怖いぞ」

「輝信さんにも怖い方がおられますか」

「それはおる」

「どなたです」

と六平太が魂胆《こんたん》のありそうな顔で輝信を見上げて念を押した。

「うん、それはな」

と言いかけた輝信がふと平静に立ち戻り、

「そなた、それがしになにを言わせたい」

と問い返すと、六平太がにやりと笑って輝信の後ろを指差した。

ふむ
と思わず後ろを振り向いた輝信の目に霧子の姿が飛び込んできた。

「六平太め、霧子が後ろにいることを承知で、あのようなことを言うたか」

と輝信が舌打ちしながらも、

「霧子、おれはなにも言うておらぬぞ」

と言い訳した。

「はい、なにも申されておりませぬ。でも、胸の中に浮かんだお考えがあるのではございませんか」

「ないない。霧子が怖いなど、爪の先ほども思うておらぬ」

輝信の返答に六平太が笑い声を上げて、

「やっぱり霧子さんが怖いのだ、輝信さんは」

と笑い出した。

床に胡坐をかいたままの六平太に霧子が、

「羽田六平太さん、そなたが封印した小太刀の技を拝見しとうございます」

と誘いをかけた。

「えっ、霧子さん、真《まこと》ですか。これでも横須賀藩信濃《しなの》小諸《こもろ》流小太刀はなかなかのものでございましてな。ご存じかどうか知りませぬが、西尾家は信濃小諸から遠江横須賀に転封《てんぽう》した大名家です。そのとき、小諸より横須賀に伝えられた小太刀、われら家臣には必須の武術です。ためにわが家でも小太刀は厳しく伝授されてきました」

と西尾家に伝わる信濃小諸流なる小太刀について薀蓄《うんちく》を披露《ひろう》した六平太が、

「よし」

と立ち上がった。

すでに霧子が用意していた定寸《じょうすん》よりだいぶ短い竹刀を六平太に一本差し出し、霧子自身も一尺四、五寸余の竹刀を構えた。

小太刀術は打刀《うちがたな》よりも短い刀を使う剣術の一流儀だ。

具体的には脇差《わきざし》など短刀《みじかがたな》を想定した術と思えばいい。

定寸二尺二、三寸の打刀より八、九寸短いゆえ間合いが異なった。また刃が短いだけに相手に与える打撃が軽く、二度三度と技を繰り出すことが特徴ともいえた。さらに入り身、躱《かわ》しなど変化技や柔術技を取り入れ、相手の打撃を避けて内《うち》懐《ふところ》に踏み込み、打撃を与えることになる。

小太刀の流派では中条流《ちゅうじょう》が有名で、富田《とだ》流は中条流から出た流儀だ。

霧子は信濃小諸流の小太刀は知らなかった。

だが、下忍の雑賀衆《さいかしゅう》で物心がつき、男に混じって刃物を使ってきたのだ。

雑賀衆では小太刀に限らずあらゆる得物《えもの》を武器に戦ってきた。

六平太の小太刀の技と力はおよそ推測がついた。それでもこのような呼びかけをしたのは、最初から三人の枠に選ばれることを諦《あきら》めたような六平太の態度を見過ごせなかったからだ。辰平や輝信らの指導に真摯《しんし》に応《こた》えていないと考えたからだ。

「えっ、霧子さんと立ち合い稽古ですか。私、これまで女子を相手に稽古をしたことがないな。困ったぞ、怪我《けが》でもさせると利次郎さんにこっぴどく苛《いじ》められそうだ」

と思わず呟《つぶや》いたものだ。すると周りから、

うっふっふふ

とか、

くすくす

とか忍び笑いが起こった。

「おや、小太郎さん、なんぞおかしいですか」

「そなた、霧子さんの腕前を知らぬのか」

「入門して十月《とつき》あまり、まだ周りを見る余裕がございませんでした。いくら尚武館住まいの女子衆《おなごし》といえども男子の手前とは比べようもありますまい」

「そなた、尚武館でなにを見てきたか。霧子さんに尚武館坂崎道場の恐ろしさを教えてもらえ」

二十三歳となり、こたびの若手剣術家による「大名諸家対抗戦」の出場を逃した神原辰之助《かんばらたつのすけ》が言い放った。

「霧子さんはようやく大怪我から回復したばかり、霧子さんが新たに怪我を負わされたときはちゃんと医者に連れて行ってくださいよ。むろん治療代は皆さん持ちです」

「承知した。だが、そなたが頭にたんこぶなどを作った折りの治療代は知らぬぞ」

辰之助が笑って応じた。

「万々が一にも、さようなことはございません」

その言葉を受けて霧子と六平太が互いに短竹刀《みじかしない》を構えて、対峙《たいじ》した。

短竹刀の両の先端の間は、およそ半間。

小太刀ゆえに霧子も六平太も片手で持ち、六平太は半身《はんみ》に構えていた。

六平太が間合いを詰めた。

霧子も相手の六平太に合わせて踏み込んだので、短竹刀の両端が触れそうになった。

「やあー」

長閑《のどか》すぎる声を上げた六平太が短竹刀を頭上に振り上げ、

「とうー」

と気合いを発しながら霧子の脳天を叩こうとした。さすがは信濃小諸流小太刀を修行してきたというだけあって、しなやかな打撃だった。

だが、霧子の短竹刀が、振り下ろされる六平太の得物を迅速にも巻き込んで弾き、

びしり

と額を片手打ちで叩いた。

「あ、いたっ」

と悲鳴を上げた六平太が、どすん、と大きな音を立てて尻餅《しりもち》をついた。

「あ、いたた。おかしい」

と叫びながら手から飛んだ短竹刀を拾うと、

「霧子さん、女子と思うてつい油断した。もう一本願います」

「ならば本気を出してください。そうでなければ、次の一撃は当分道場通いがで

きぬほどになりましょう」
「畏《かしこ》まりました」
立ち上がった六平太の顔が険しくなった。
最初から短竹刀を頭上に翳《かざ》し、霧子との間合いを計りながら、やあーの気合いとともに霧子の左脇へと回った。そして頃合いを見て面を叩き、同時に腰へ足蹴りを繰り出した。
六平太の連続した動き以上に霧子のそれは迅速だった。足蹴りを、
ふわり
と躱すと、宙に浮いた六平太の足を短竹刀で、
びしり
と鋭く叩いたので体から崩れ落ちた。
「あ、いたた。霧子さん、凄いぞ。わ、分かりました。羽田六平太の敵《かな》う相手ではないということが分かりました」
六平太は参ったという表情を見せたが、
「いえ、六平太さん、この程度で参られては、私が差し出がましくも稽古相手を申し出た意味がございません。さあ、お立ちなされ。尚武館の稽古は気を失って

こそ本当の稽古ですよ」

と霧子に言われて、

「な、なにくそっ」

と立ち上がり小太刀を構えたが、もはや勝負にならず散々に霧子に叩かれて、床に転がされた。

「そ、それがし、これにてご免」

六平太は、なんとか言葉を吐き出しながら床に倒れて気を失った。

「速水杢之助どの、右近どの、設楽小太郎どの、逸見源造どの、そして、羽田六平太どの、霧子が見せてくれた稽古が本物の尚武館坂崎道場の稽古です。気を抜くとかような仕儀に相成ります。道場にいったん足を踏み入れた以上、力を振り絞って稽古をしなされ。霧子がそなた方に身をもって教えてくれたのです」

磐音は、霧子が「大名諸家対抗戦」出場を目指す杢之助らに活《かつ》を入れたことを察して言った。

尚武館坂崎道場から選抜される者は、なんとなく速水杢之助、右近、そして、設楽小太郎で決まりという雰囲気が漂っていた。

霧子は、五人全員に緊張感を持たせるのと同時に、諦めの気分を払拭《ふっしょく》するために、敢えて羽田六平太相手に厳しい稽古をつけたのだった。

二

羽田六平太が正気を取り戻したとき、まず最初に感じたのは張り詰めた道場の気配だった。

しーんとした静寂の中に緊迫の時が止まったようにあった。

（おれはどこにいるのだ、なにをしているのか）

顔の上に濡れ手拭《てぬぐ》いがあった。

頭がずきずきと痛んだ。手を動かそうとして五体すべてに痛みが走った。

（あっ、おれは霧子さんにこっぴどく叩きのめされたのだ）

痛む手を伸ばして手拭いを顔から取った。すると剝《む》き出しの梁《はり》が見えた。

（おれは未だ道場の床に寝かされておるのか）

そう考えたとき、にゅっ、と小太郎と右近の顔が覗《のぞ》き込み、

「しばらくじいっとしておれ、六平太」

と小太郎が囁《ささや》いた。

（おれは体も動かせぬほどの大怪我を負わされたか）

だが、そんな感じはない。手足を少しだけ動かしてみると動く。だが、動くたびにひどい頭痛がした。

（そうか、短竹刀で頭を叩かれたからな）

なにが起こっているのか、顔だけを傾けると、尚武館道場の入口で松平辰平が見知らぬ武芸者と睨《にら》み合っていた。

頰《ほお》の削げた武芸者は、筒袖《つつそで》の袴《はかま》に旅塵《りょじん》に塗《まみ》れた袷《あわせ》で、真剣の柄《つか》に左手をかるく乗せていた。それに対して辰平は鍔《つば》付きの木刀を提《さ》げていた。

六平太は眼だけを動かして見所《けんぞ》を見た。

見所には李之助と右近の父親、幕府奏者番《そうじゃばん》速水左近《さこん》がいて、見所下には坂崎磐音が静かに二人の睨み合いを見ていた。

六平太は、武芸者は尚武館坂崎道場の武名を聞きつけて道場破りに来たのか、仲間がいるのかと武芸者の背後を見たが、仲間はいなかった。

歳《とし》の頃は五十をいくつか越えた老武芸者だ。身丈は五尺五寸か、筋張《すじば》った痩身《そうしん》は厳しい修行を想起させた。独りで乗り込んできた道場破りとすると、よほどの古強者《ふるつわもの》なのだろう。

尚武館坂崎道場にはしばしば道場破りや剣術自慢が腕試しに来るとは知っていたが、羽田六平太は初めて眼の前で見物することになった。それがなんとも情けないことに霧子に打ちのめされて寝かされ、頭や節々に痛みを感じながらの見物となった。

「情けなや」

「喋《しゃべ》るでない」

小太郎が低声《こごえ》で注意し、

「どうしたのだ」

と事情を質《ただ》すと、

「見てのとおりだ、黙っておれ」

と重ねて注意された。

不意に道場破りがしわがれ声で尋ねた。

「坂崎磐音、この若者を倒せばそなたとの勝負が叶《かな》うか」

「無益なことをなされますな」

「不憫《ふびん》なことよ」

「なにがでございますか」

「若い身空《みそら》で命を落とすと思うとな」

「わが流儀と同じく直心影流と名乗られましたな」

「いかにも、三代目長沼正兵衛《ながぬましょうべえ》綱郷《つなさと》の直弟子であった」

師の名を呼び捨てにした。

「なんと活然斎様の門弟にございましたか」

磐音の声の響きに畏敬《いけい》の念があった。見所の速水左近も驚きの表情で身を乗り出し、入口の訪問者を見た。

長沼綱郷は斎藤《さいとう》正兵衛といって、木挽町《こびきちょう》で生まれ、享保《きょうほう》八年（一七二三）二十二歳のとき、二代目の長沼国郷《くにさと》より技量を認められて長沼姓を名乗り、直心影流の三代目に就《つ》いた人物であった。

長沼綱郷は、愛宕下田村小路《あたごしたたむらこうじ》の天徳寺《てんとくじ》門前に道場を開いて数多くの門弟を育てた。その中には剣術家として名をなした人物が五人いた。

磐音の師であり、養父であった佐々木玲圓《れいえん》もその一人といってよい。兄弟子の綱郷に教えを乞《こ》うた時期があったからだ。この人物と玲圓は同門の兄弟子といえなくもない。

活然斎は東国の剣術界では伝説の人だ。だが、磐音は時代が異なり、活然斎の勢い盛んな時期を知らなかった。直心影流に伝わる数々の武勇を聞かされただけだ。

長沼綱郷活然斎は、明和《めいわ》九年（一七七二）二月二十一日に七十一歳で没した。

この八日後に目黒行人坂《めぐろぎょうにんざか》から出火した炎が江戸の町を焼き尽くした。

勤番で江戸に滞在していた磐音らは藩邸の火事の跡始末を終えたあと、関前《せきまえ》に帰国したが、その折りに朋友小林琴平《こばやしきんぺい》、河出慎之輔《かわでしんのすけ》を失う悲劇に見舞われる。ゆえに明和九年から安永《あんえい》元年に変わったこの年のことをよく覚えていた。

「活然斎様を承知でしたか」

「最前言うた」

訪問者は苦々しく吐き捨てた。

「十数年前に活然斎様は身罷《みまか》られました」

「旅先で風の便りに聞いた」

「明和九年二月下旬、目黒行人坂より出火した大火事が江戸を見舞い、天徳寺門前の長沼道場は焼失しましたが、神保小路の佐々木道場は運よく残りました。道場こそ違え、そなた様は直心影流同流のわれらの兄弟子といえましょう。われらは同門の士にございます。真剣で立ち合う理由がございましょうか」

老武芸者は尚武館坂崎道場の入口に立ったとき、朗々とした声で、

「直心影流佐々木玲圓どのの後継との真剣勝負を願う」

と告げたのだ。

「諸国を経巡《へめぐ》って二十有余年の歳月が過ぎた。天徳寺門前直心影流長沼道場の直系はわれ独り。そなたと勝負して、それがしの修行がいかであったか世に問いたい」

「無益なことをなされますな」

「もはや問答無用。眼の前の若者を叩き潰《つぶ》してでも、おぬしとの勝負を為《な》す」

「そなた様の姓名は」

「すでに名など捨てた」

そのとき、

「肱砕《ひじくだ》き新三《しんざ》」

と呟く見所の速水左近の声が道場内に静かに響いた。

老武芸者が見所をちらりと見て、

「それがしを知る者が江戸に残っていたか」

と初めて感情の籠った言葉を洩《も》らした。

「たしかそなたの姓名は河股新三郎《かわまたしんざぶろう》ではないか」

「お手前は」

「佐々木玲圓どのの剣友速水左近と申す。長《なが》の武者修行から江戸に戻られたばかりと推察いたす。そなたの師、長沼活然斎様の墓は芝三田の功運寺《こううんじ》にござる」

「要《い》らざる言辞を吐くでない」

河股新三郎が速水の口を塞《ふさ》ぐように遮《さえぎ》った。河股の語調からは怒りとも焦りともつかぬものが感じられた。

磐音も速水も活然斎の弟子と分かった以上、なんとしても話し合いの途へと導きたかった。ために話をしたのだが、河股はにべもなく拒んだ。

磐音は速水と眼差《まなざ》しを合わせ、速水が静かに頷《うなず》くのを見て、河股新三郎に視線を向け直した。

「河股様、願いの儀がございます。どうしてもこの坂崎磐音との真剣勝負をお望みとあらばお受けいたします。ですがその前に、河股様の前に立つわが弟子松平辰平との勝負を願えませぬか」

道場内に驚きが奔《はし》った。

直心影流では伝説の人物長沼活然斎の直弟子、それも二十有余年の武者修行から江戸に帰着したばかりの兵《つわもの》の相手に辰平を指名したのだ。

「わが力量を蔑《さげす》むや」

「いえ、そうではございません。活然斎様直伝の業前《わざまえ》をこの場におるそれがしの弟子に経験させ、その眼にしかと刻みつけてもらいたいからにございます。ゆえに松平辰平とは竹刀での対決、せめて木刀勝負にて願えませぬか」

「この者に勝ちを制すれば、先の西の丸徳川家基様剣術指南坂崎磐音、真剣勝負を受けるな」

相手は磐音のことを承知していた。

「二言はございませぬ」

「よし、この者との立ち合い、木刀といたす」

と言い放った河股新三郎が腰から長年の風雪に耐え、塗りの剝《は》げた大刀を抜くと入口に置いた。そうしておいてつかつかと木刀が架《か》かった壁に向かい、何本も架けられた木刀から一本を選んだ。

磐音が静かに辰平のもとへ歩み寄った。

「迷惑であったか」

「いえ、光栄に存じます」

「辰平どの、勝負は時の運にござる。平静に河股新三郎様に正面からぶつかり、教えを乞いなされ」

「畏まりました」

と答えた辰平の声音は落ち着いていた。

木刀での立ち合い、一命を落とすことも考えられた。

磐音は辰平が過日、田沼一党の奸計に落ちて小伝馬町の牢屋敷に囚《とら》われの身になった不覚を恥じていることを承知していた。ゆえに負の心情を払拭させるために、巨大な巌《いわお》に挑む場を設けようとしていた。それには命を賭《と》するほどの厳しい戦いが要った。

河股新三郎との対決は真剣勝負と同じことであった。

老武芸者河股新三郎と松平辰平は間合い一間で対峙した。

審判はなし、決着は二人の得心で決まると磐音は考えていた。

両者がほぼ同時に半歩ずつ踏み込み、木刀の切っ先が触れる間合いに変わった。

辰平に動じるふうはない。背丈で七寸余も高い辰平が、正眼の木刀の切っ先を河股新三郎の小鼻辺りにぴたりとつけた。

「ほほう」

河股新三郎が感嘆の声を洩らした。若いながら辰平の肝《きも》が据わっていることへの驚きの声だった。

「そなた、斬《き》り合いの経験があるな」

「ございます」

「おもしろい」

と呟いた河股が息を吐き、吸った。

次の瞬間、木刀が翻って辰平の肘を鋭くも強襲した。鎌首を上げた蛇が獲物に飛びかかるような迅速巧妙な肱砕きを、辰平は不動のまま己の木刀でばしんと弾いた。木刀を握る辰平の手にしびれが奔った。それほどの打撃だった。

肱砕き新三の得意技を辰平は必死で躱した。

辰平は速水左近の肱砕き新三の一言で肘打ちを予測していた。ただ、右肘か左肘かが分からなかった。それを右と咄嗟《とっさ》に決めて避けた。剣術を修行してきた者の本能に従ったのだ。

流れた木刀を引きつけた河股が辰平のかたわらを抜けつつ、低い姿勢から辰平の腰を強打した。

そのとき、不動の辰平が初めて、河股の動きとは反対方向に、
つつつ
と摺《す》り足《あし》で間合いを空けて木刀の強打を躱すと、くるりと反転して、再び正眼に戻した。

河股もまた正眼に戻した。

辰平は古強者の河股新三郎の息がわずかに乱れているのを感じ取った。

動かない。

河股の弾む息を待って、動かない。

河股新三郎の眼が、

（老武者に憐憫《れんびん》をかけるでない）

と激しく抗議していた。

だが、辰平は再び平静を取り戻し、静かに二合目が開始されるのを待ち受けた。

河股の息が鎮まり、正眼の木刀が八双《はっそう》へと変わった。

古強者が勝負に出ると宣告していた。

辰平は受けの剣を変えなかった。

果てしない対峙の刻《とき》が流れ、

ふわっ

と気配もなく、河股新三郎が一撃で仕留める決意で踏み込んできた。

木刀が辰平の肩を砕いた、と六平太が思った瞬間、辰平の正眼の木刀が河股必殺一撃の木刀に絡《から》み、動きを止めると押した。

河股新三郎もまた止められた木刀に全霊を籠めて押し返そうと企て、辰平は長身と若さを活かして押し戻そうとした。

両者の力比べがどう終わるか、その引き際に勝負が決することはだれの眼にも明らかだった。

おりゃ

と河股が声を絞り出し、辰平の木刀を押し返そうとした。そのとき、

ううっ

と河股新三郎の咽喉《のど》から異音がして、辰平は長い腕を利して河股を押しやり一気に飛び下がると、間合いをとった。

相手の圧力が不意に消えて、よろめくように前に出た河股新三郎が、左手で口を押さえた。すると、指の間から血が噴き出してきた。

「河股様」

と駆け寄ろうとする辰平を険しい眼光で止めた河股が、右手一本に保持していた木刀を投げ出すと、道場の入口によろめき歩き、剣を摑《つか》んで外に姿を消した。

そのあとを弥助が追い、霧子が従おうとすると、

「霧子、ここはわしに任せよ」

と言い残して門の外へと駆け出した。

尚武館坂崎道場の見所から速水左近が磬音に話しかけた。

「河股新三郎、死に場所を探しておるのか」

「はて、いかがでしょうか」

しばし返答に迷った磬音が応えた。

道場内では辰平らが河股の吐血の跡を掃除して浄めていた。そこへ霧子が新たに木桶《きおけ》に水を汲《く》んできて清掃作業に加わった。

だれであれ神聖な道場の床を清めるのはいつものことだ。血が道場を穢《けが》したという意識はない。

尚武館坂崎道場では小さな傷や打撲は日常茶飯事のことだ。だが、病を患った剣者が吐血したのは初めてのことだった。

清掃作業が一段落したとき、黙々と作業に加わっていた辰平が見所に歩み寄った。

辰平は師に一礼した。

「辰平どの、見事な受けの剣であった」

「それがし、初めて感じた空恐ろしき重圧にございました。速水様の一言と若先生の忠言なくば、松平辰平、肘を砕かれていたか、あるいは命を失《な》くしておりました」

胸の中の想いを吐露した辰平が磐音に尋ねた。

「若先生、河股新三郎様が病にかかっておられると察しておられましたか」

「いや、そうではなかった」

と答えた磐音が、

「またそれがしが真剣で立ち合《お》うて生き残る自信もなかった。それほどの強敵に辰平どのは耐えられた」

磐音の言葉を辰平は素直に受けた。

「辰平どの、若先生の言葉に尽きる。見事な対決を見せてもろうた」

「病がなくば、間違いなくそれがしは最初の一撃で肘を打ち砕かれておりました。

速水様が肱砕き新三の異名を呟かれたことを思い出し、かように命を助けられました」

「大勝負の最中、それができるのは辰平どのの大いなる進歩成長にござろう」

と速水が言い、磐音に視線を戻した。速水はしばし沈思《ちんし》したあと、

「まさか肱砕き新三の道場破り、木挽町河岸《がし》と関わりはあるまいな」

と磐音に質《ただ》した。

「ただ今田沼一党との暗闘の最中、どのようなことが起こっても不思議ではございませんが、河股新三郎様がこと、いささか違うように見うけました」

磐音が辰平を見た。辰平は、

「河股様の腹に溜まっておるものがなにか、さだかに判断はつきません。底知れぬ憤りのようなものを感じました。長年、剣術になにかを求められた末に得られなかったことが原因かと存じます。だれぞに唆《そそのか》されたり、金銭のために尚武館に乗り込まれてきたのではないと思います」

と言い切った。

剣者として木刀を交えた辰平だけが感じ得るものだった。剣術を手段にして、なにかを求めようとするのは間違いと辰平は承知し、言っていた。

「そうなると、河股新三郎は剣者として死に場所を探しに小梅村を訪れたのであろうか」

　速水が最初に呟いた言葉をまた口にした。

　尚武館の井戸端では桶を洗う霧子が、かたわらに立つ六平太に尋ねていた。

「頭は痛くございませんか」

「霧子さん。未だがんがんと耳が鳴り、頭痛がしておりますよ」

　と応じた六平太だが、

「辰平さんと肱砕き新三様の対決を見たら、私の頭痛などなんでもありません。霧子さん、明日から真面目《まじめ》に辰平さん方の指導を受けますゆえ、本日の私の言動はお許しください」

　と改めて詫《わ》びたものだ。

「許すも許さないもないわ。でも、稽古で手を抜くと大怪我に繋《つな》がる。それだけは忘れないでくださいね」

「重々肝に銘じます。それにしても霧子さんの強さは並みではないな。わが信濃小諸流の小太刀の修行は、なんであったのでしょうか」

と六平太が首を傾《かし》げてさばさばした口調で呟いたものだ。

三

四半刻《しはんとき》（三十分）後、道場にいた辰平は母屋《おもや》に呼ばれた。

竹と楓《かえで》の林を抜けるとき、そよそよと風が吹き通った。

（お杏さんはどこを旅しているのだろう）

最後にお杏から書状をもらったのは大坂からだった。およそ一月《ひとつき》も前に認《したた》められたものだ。すでに大坂、京を見物して、東海道を下っているとしたら箱根の関所あたりかと、辰平は勝手に想像した。

そのとき、楓の青紅葉の林の中でいちばん年を経た老紅葉のひねこび曲がった幹に空蟬《うつせみ》が止まっているのが眼に入った。空也《くうや》に見せようかと手を伸ばしかけた辰平は、その手を止めた。

蟬の生涯はせいぜい七、八日と聞いた。それも夏のものだ。蟬の抜け殻は秋を超え、冬に耐えて老紅葉にしがみついていた。

なぜか辰平の脳裏に、老武芸者河股新三郎の姿と空蟬が重なった。

まにした。
そおっとしておいてやろう、と辰平は空也へ持っていこうとした空蟬をそのま
林を抜けると、母屋の縁側に速水左近と磐音が座して、おこんが茶を供してい
るのが、泉水越しに見えた。
春の陽射《ひざ》しが穏やかに三人を照らし、和《なご》やかな談笑の光景を浮かび上がらせて
いた。おこんにとって一人は養父《ちち》であり、もう一人は亭主だ。信頼する者たちだ
けが醸し出すことのできる安寧《あんねい》が三人から感じられた。
「若先生、お呼びにございますか」
「辰平さんのお茶をただ今用意しますね」
おこんが台所に立ち、辰平は磐音に指し示された縁側に腰を下ろした。
「速水様が昔の記憶を辿《たど》って河股新三郎様のことを思い出されるままに話される
というので、そなたを呼んだ」
と磐音が前置きした。
「河股様がまた尚武館に姿を見せられると、お二人はお考えなのですか」
「その点は正直予測がつかぬ。病がどこまで進んでおるのか、江戸でなにかを聞
かされた末の尚武館訪問か。河股様のあとを追った弥助どのが戻ってこられたら、

今少しはっきりするやもしれぬ」

　磐音の言葉に辰平が頷くと、最前から記憶を辿っていた様子の速水が言い出した。

「遠い昔の、そう、およそ二十年以上も前のことゆえ曖昧模糊《あいまいもこ》としておる。それを承知の上で聞いてくれぬか」

　と前置きした速水が、

「愛宕下の天徳寺門前にあった直心影流長沼道場は、その頃、神保小路の佐々木道場と二分する実力を誇っていた。門弟の数では天徳寺のほうがだいぶ多かったと記憶する。その数は四、五百人を超えていたのではなかろうか。長沼活然斎様の弟子たちが江戸の各所に開く道場の孫弟子を加えると、千人は優《ゆう》に超えていたであろう。河股新三郎の力はその門弟衆の中でも三指に入っていたと思う」

　と昔話を始めたところにおこんが辰平の茶を運んできて、その場から黙したまま去っていった。

　道場でなにか新たな事態が生じたことは、おこんにも察せられた。

　最前までなかった緊張がその場にあったからだ。だが、おこんが剣術の世界に口を差し挟《はさ》むことは滅多になかった。

「江戸の海に向かって東へと流れ込む新堀川が麻布《あざぶ》一ノ橋で大きく南に曲がるが、河股は、この界隈《かいわい》にある馬場の番人、下級の御家人の倅《せがれ》と聞いたことがある。おそらく天徳寺門前の長沼道場には十五、六で入門したのではないか。およそ十年後には、天徳寺長沼道場に、河股新三郎あり、と恐れられる門弟になっていた。それだけ天分もあり、努力も怠らなかったということだ。それがしが河股新三郎の名を知ったのはその頃かと思う。天徳寺門前の道場を覗きに参り、きびきびした河股新三郎の技を見たこともある。ゆえに活然斎様の秘蔵弟子の一人であったことは間違いない。だが、出が下級とあって、剣術の技量が仕官に結び付くことはなかったと思う。これは推測に過ぎぬがな」

と速水は断った。

「なにか変化がございましたので」

「その一、二年後のことかのう、河股新三郎の剣術が荒れておる、他の道場に出稽古と称して押しかけて力試しをしているという噂《うわさ》が聞こえてきた。だが、神保小路の佐々木道場に河股が姿を見せることはなかった」

「肱砕き新三の異名が世間に知れ渡るようになったのも、その頃のことにございますか」

「いかにもさようだ、若先生」

と答えた速水が茶を喫《きっ》して喉《のど》を潤した。

「河股新三郎の力試しが道場破りのそれに変わったという噂を耳にした。叩きのめした他流の道場から金品を貰《もら》い、金品を拒んだ道場主とは再度立ち合って肘を砕いたとか。そんな噂はいずれ大師匠の活然斎様の耳に入る」

「で、ございましょうな」

「肱砕き新三の異名が一気に巷《ちまた》に広がった出来事があった。品川宿の食売宿《めしもりやど》で勤番を終えて西国に戻るさる大名家の家臣ら数名と河股が些細《ささい》なことから口論になった。双方が品川の浜に出て立ち合いに及び、河股一人で相手方の肘を木刀で悉《ことごと》く砕いたことが江戸じゅうに知れ渡った。その折りは、相手方の大名家家臣多勢の上に酒に酔った非もあり、活然斎様もきびしい説諭で済まされたと聞いた。なにしろ相手方は抜刀したが河股は木刀の立ち合いだ。その数月後にどのような仔細《しさい》か知らぬが、道場稽古で朋輩《ほうばい》の肘を砕いたという。この者、大名家の家臣であったそうな。活然斎様は、もはや許しがたし、と破門を言い渡された。たしか宝暦《ほうれき》十年（一七六〇）か十一年の頃ではなかったか。それがしは未だ速水の家を継いではおらなんだ。活然斎様には、何年か後に河股が江戸に帰着し、その心根を見極めた上で再入門を許す心積もりがあったとも、あとで洩れ聞いた。だが、河股新三郎が江戸を立ち去ったのち、杳《よう》としてその消息は知れなかった。次第にその名も世間から忘れられていった。それがしの頭からもいつしか河股新三郎の名も肱砕き新三の異名も掻《か》き消えて、最前まで忘れておった」

「風貌が変わっておられましたか」

「それがしが天徳寺門前の道場で見た河股新三郎はまだ二十七、八ではなかったか。あれから二十有余年の歳月が過ぎておる。その歳月以上に河股の風采を変えたのは、険しい風雪と武者修行であったろうと容易に推測はつく。まさかあの肱砕き新三が生きておって、二十数年後に江戸に戻ってきたとはのう」

しみじみとした速水左近の思い出話は終わった。

「二十数年ぶりに江戸に戻ってみると、天徳寺門前の長沼道場は消えていたというわけでございますな」

「目黒行人坂から出火した明和九年の大火事が江戸を焼き尽くし、われらのそれまでの暮らしを一変させた。河股の家がどうなったか、知り合いもいなくなっていたであろう」

磐音は明和九年二月二十九日の大火の直後、江戸を離れて豊後関前に帰国した。

藩政改革の志を胸に秘め帰国した磐音、小林琴平、河出慎之輔を待ち受けていたのは、関前藩を壟断《ろうだん》してきた国家老宍戸文六《ししどぶんろく》一派の魔の手だった。琴平に慎之輔、その妻の舞《まい》も命を落とし、さらに許婚《いいなずけ》の奈緒《なお》をも磐音は失った。

磐音の悲劇の始まりを、あの目黒行人坂の大火事が暗示していた。

河股新三郎は病を発症して江戸に戻ることを決意したのか、それとも天徳寺門前の長沼道場になにかを期待しての帰府だったのか。

磐音の頭を次々と想念が駆け巡った。

(そう、田沼意次《おきつぐ》様が老中の地位に就かれたのもこの明和九年の正月のことだった)

と磐音は思った。

「速水様、重ねてお尋ね申します。河股様の本日の行動はご一人《いちにん》の考えにございましょうか」

「若先生、そなたは田沼一派とは関わりあるまいと言うたのではなかったか」

「申しました。まず関わりはありますまい」

磐音は速水左近に問うたことを自ら否定した。

「河股は剣術家としては老境に差しかかっておる。江戸になにかを求めて帰ってきたとも思えぬ。病の身でそなたに勝負を求めたのは、剣術家としての最期を願うてのことではないか。いや、それがしが勝手に考えたことじゃがな」

「しかし速水様、それがしの前に立ち合うた辰平どのに得意技の肱砕きを躱されております。ただ今このとき、河股様がなにを考えておられるか」

「河股新三郎は病との競い合いとなった。そなたとの勝負に剣術家としての最後の面目《めんぼく》をかけてくると思う」

「その折りはその折り」

「立ち合われるか、若先生」

「剣に生きる者の宿命《さだめ》にございます」

磐音が応えたとき、庭に右近の姿が見えた。

「父上、御用は長くかかりそうでございましょうか。ならば兄上とともに先に屋敷に戻りますが」

「いや、話は済んだ」

速水左近が縁側の座布団から立ち上がり、沓脱石《くつぬぎいし》に下りた。

「速水様、霧子が舟で送っていくと申しておりました」

「なにっ、霧子に足労をかけるか」

速水が小梅村を訪ねてくる折りは、奏者番の格式とはいわずとも大身《たいしん》旗本の乗り物でやってきた。だが、乗り物は屋敷に戻し、稽古を終えた杢之助と右近とともに霧子の漕《こ》ぐ舟で昌平橋《しょうへいばし》際まで送ってもらうことを楽しみにしていた。

ところが霧子は毒を塗った矢で怪我をし、二月《ふたつき》も意識を失っていたために、速水左近一家の見送りが途絶えていた。

「霧子はもはや回復したか」

「従前どおりの霧子に戻っております」

「それならば甘えようか」

と応じた速水が、

「重富利次郎の仕官じゃが、決まったか」

と霧子と所帯を持つ利次郎のことを気にした。頷いた磐音に、

「やはり土佐《とさ》藩が受け入れてくれたか」

とさらに問うた。

「いえ、そちらではのうて、豊後関前藩がまず剣術指南方として受け入れてくれました。本日も江戸藩邸の道場に指導に行っております。ゆくゆくは御番衆百三十石で召し抱えるとの内諾を得ております」

「それはよかった。となると利次郎も霧子も近々小梅村を出ることになるのかな」

「いえ、利次郎どのも霧子もしばらくはこの小梅村に留まるようです」

「ほう、得難い申し出を先送りにするとは利次郎、なかなか強気じゃな」

二人の会話を辰平が黙って聞いていた。その表情に驚きと得心があった。

「そなたならどうするな」

突然矛先《ほこさき》が辰平に向けられた。

「この話、利次郎も承知のことですか」

「知っておる。そなたにも話していなかったとみゆるな」

「若先生、ふだんお喋りの利次郎がただ今の一件についてなにも話してくれませんでした。むろん霧子には話しておりましょう。おそらく霧子から、この一件、当分私たちだけの胸に秘めておきましょうとでも言われたのではないでしょうか。それがしのことを慮《おもんぱか》ってのことと思います。ともあれよい話です、祝着至極《しゅうじゃくしごく》のことではございませんか」

利次郎は土佐藩仕官の道が絶たれたとき、

「これでさっぱりとした。それがし、終生小梅村で剣術修行を続けるぞ、辰平」

と強がっていた。だが、このことは霧子との所帯が遠のくことを意味し、内心では衝撃を受けていたことも辰平は承知していた。

土佐藩の一件があったゆえに関前藩の話を告げなかったのだろうか。

いや、違うと辰平は思った。

利次郎がただ今仕官するということは、田沼一党との戦いから離脱することを意味していた。ゆえに利次郎は、剣術指南方は即座に引き受けたが、御番衆での仕官は避けたのだと思った。関前藩士の身分では、田沼一党との暗闘に参戦できないからだ。

「それがしも利次郎と同じ道を選びます」

と辰平は言い切った。その答えに速水左近が頷いて、

「おお、そうであったか。そなたらは神田橋《かんだばし》、木挽町河岸と戦《いくさ》の最中、利次郎もそなたもそのことを考えておったか」

と合点し、

「若先生、よい弟子を持たれたな」

「速水様、われらは佐々木先生亡きあと、若先生に育てられたのでございます」

と辰平が言い切った。

霧子が速水家の父子三人を昌平橋の船着場まで送り、豊後関前藩に指導に行っていた利次郎を乗せて戻ってきた。おそらく二人の間には迎えの約束が成っていたのであろう。

尚武館坂崎道場門前の船着場で迎えた辰平が、

「おお、水臭い二人が戻ってきたぞ」

と迎えた。

辰平は白山《はくさん》の散歩をさせていたので、他の住み込み門弟はだれもいなかった。

「なんだ、辰平。われらが水臭いとは」

「そなた、剣術指導は別にして、関前藩に召し抱えられることが決まっているというではないか」

「若先生に聞かされたか」

実はな、と前置きした辰平が経緯《いきさつ》を述べ、

「霧子、利次郎、目出度《めでた》い話だ、よかったな」

とわがことのように喜んで言った。

「じゃが辰平、おれも霧子も小梅村を出ぬぞ」

「その気持ち、この辰平にも通じておる」

「帰りの舟でも霧子とその話になった。田沼様との戦い、近々なにか大きな異変があると二人の考えが一致した。本日も不思議な老武芸者が若先生との勝負を迫ったそうではないか」

「霧子から聞いたか」

「聞いた。なかなかの兵らしいが、病持ちか」

「でなければ、おれの肘は打ち砕かれておったであろう」

「いや、時の運もまた実力のうちだ。辰平の落ち着きがこの勝敗の鍵であったと思う」

「利次郎、勝負は決しておらぬ」

「いや、決しておる。ただそなたは相手の老武芸者に止《とど》めを刺さなかっただけだ」

「そなたなら、相手の弱みに付け込むか」

「ううーん、難しい問いじゃな」

「つまりは利次郎もこのおれと同じ道を選んだはず。われらにとって大事は田沼一党との戦いに決着をつけることだ」

「本日の老武芸者は田沼一党の刺客か」

「若先生もおれも田沼一党が差し向けた刺客ではないと考えておる」

辰平は霧子を見た。

「私もそう思います」

「霧子からこの話を聞かされたとき、また木挽町が送り込んだ刺客かと思うたが、違うたか」

「あの場にいた者ならば、これは違うと思うたはずだ」

「また厄介《やっかい》な相手が増えたか。肱砕き新三などという異名を持つ老武芸者は何者だ」

「利次郎、速水左近様が覚えておられた」

と前置きした辰平は、天徳寺門前の直心影流長沼道場の異才だった剣術家河股新三郎について二人に語り聞かせた。

「われらと同門の士か」

「五十をいくつか越えた齢《よわい》か。だが、二十有余年の武者修行のせいか、それとも病のせいか、年老いて七十の翁《おきな》にも見えた。じゃが、一撃に込められた力はなかなかのものであったぞ」

「またそなたの前に現れるか」

「いや、現れるとしたらおれではなく、若先生を名指しであろう。直心影流の最強の遣い手はわれらが若先生だからな。河股様は、天徳寺門前の長沼道場がなくなった今、直心影流の最強の剣者に戦いを挑み、二十有余年の武者修行の成果を問いたいのであろう」

「天明の世にさような武芸者がおられたか」

「利次郎、われらの修行などまだまだ青い」

「いかにもさよう」

と二人が言い合う横顔を、霧子は黙って見詰めていた。

四

河股新三郎のあとを追った弥助は夕餉《ゆうげ》の刻限を過ぎても戻ってこなかった。

怪我が回復しても尚武館道場の長屋に住み続けることを選んだ霧子が、夕餉を終えていったん長屋に戻った。

だが、一刻（二時間）後に利次郎とともに母屋に顔を出した。師匠の弥助が母屋に戻っていないかと思ってのことだ。

台所ではおこんが茶の仕度をしていたが、霧子の気持ちを察して言った。

「霧子さん、弥助様のことなら心配ないわ」

「病の河股様を追っていかれただけにしては帰りが」

「遅いのは、相手様になにかあって助けておられるとか、きっとそんなところですよ」

おこんに言われた霧子は、ただ頷いた。

物心ついたときから雑賀衆下忍の中で山野を移動し続ける暮らしをしてきた霧子には身内はいない。坂崎一家に身を寄せることになった霧子は、弥助を実の父親と考えていた。

「おこん様、それがしも弥助様に限って病持ちの老武芸者の術中に嵌《はま》るようなことはないと言うたのですが、霧子がなんとしても師匠を捜しに出たいと言うものですから、こちらに連れてきました」

利次郎も口を添えた。

「しばらくこちらでお待ちなさい」

おこんは二人を居間に連れていった。そこでは磐音が巻紙を畳の上に垂らしながら書状を認めていた。空也と睦月《むつき》はすでに寝間で眠りに就いていた。

「若先生、邪魔ではございませんか」

「いや、文ならば終えたところじゃ」

巻紙の端を鋏《はさみ》で切った磐音は、字が乾くまで書状を文机《ふづくえ》に広げたままにし、二人に向き合った。

磐音は出羽国山形の奈緒に文を認め終えたところだった。

「霧子、あてもなく弥助どのを捜しに参るのはどうしたものかな。必ずや弥助どのから連絡《つなぎ》が入る。それから動くほうがよかろう。まずここは案ずる気持ちを抑えて師を信ずることじゃ」

磐音に言葉をかけられた霧子が頷き、ようやく逸りたつ気持ちを鎮めた。

「若先生、最前霧子から聞かされていささか驚きました。それがし、寡聞《かぶん》にもわが流派の道場が天徳寺門前に隆盛を誇っていたなど知りませんでした。そんな長沼道場の生き残りの老武芸者がうちに果たし合いの如《ごと》き勝負を挑むとはどういうことでございましょう。いささか常軌《じょうき》を逸していると、それがし、霧子から話を聞かされて思いました」

この日、利次郎は駿河台《するがだい》富士見坂にある豊後関前藩江戸屋敷に剣術指南に出ており、河股新三郎を見ていなかった。

磐音は利次郎の言葉にただ頷いた。

「若先生、それにしても辰平とその老武芸者の勝負を見とうございました」

「立ち合いの様子、辰平どのから聞かされましたか」

「いえ、こういうことになるとあいつ、自分の口からは決して喋りません。弥助様のことに絡んで霧子が教えてくれたのです」

「辰平さんらしいわね」

おこんが、この日の昼下がりに金兵衛《きんべえ》が届けてくれた塩饅頭《しおまんじゅう》と茶を二人にも供してくれた。

「お手数をおかけします。それがし、この志《し》み屋《や》の塩饅頭が大の好物でございます。頂戴《ちょうだい》します」

と皿に手を伸ばしかけ、霧子の顔を窺《うかが》った。霧子の顔にはまだ不安が残っていた。

「霧子、師匠を信じよ」

「分かっております」

「そなた、物事を考え始めると一途になって、ほかのことに頭がゆかぬからな」

「どなた様かの病が移ったのでございましょう」

「どなた様とはだれのことか」

利次郎の問いに霧子は応えなかった。

「利次郎どの、重富家ではなんぞ申されたか」

利次郎は豊後関前藩江戸屋敷の剣術指南方に就いたことは実家に知らせていたが、詳しい話は未だしていなかった。そこで利次郎が富士見坂からの帰りに土佐藩邸に立ち寄っていた。

「豊後関前藩の御番衆百三十石で召し抱えるという話を、それがしの口から初めて知った父上も母上も、驚くやら感激するやら大騒ぎにございました。そのあと、父からは『このご時世にそのような有難い話はあるものではない。自藩にすら仕官できなかったものが、若先生の旧藩に仕官できるということは、坂崎磐音様のお力があればこそ。その恩義、終生忘れるでない』と懇々《こんこん》と一刻にわたり諭されました。霧子、同道せんでよかったぞ」

と最後は霧子に言った。

霧子はなにも応えない。

「そのお礼にと、父が若先生に土佐の酒を持たせてくれたのです。酒くらい安いものです。ところがそのあとがありました。父上に代わって母上が、豊後関前藩の剣術指南の御用はちゃんと務めているかと、厳しい詮索をされたものですから、なかなか帰ることができませんでした」

「重富家でご寛容にも受け入れていただけたのはようございましたな、利次郎どの。されど今後、さようなお心遣いは無用にしていただきたいと伝えてくだされ」

「父上も母上も、若先生のお心遣いに言葉に尽くせぬほど感謝しておるのです。豊後関前藩の御番衆として百三十石を約束された上に、剣術指南として三十両の役料が付くと知った父上と母上は言葉を失くしておりました。慎ましやかに暮らせば、霧子さんと二人ならなんとかなると、両親ともに安堵《あんど》しておりました。若先生、酒など大したことではございません」

「親心とは有難いものですね」

おこんが微笑《ほほえ》みながら言った。

「ですが、いささか仔細あって御番衆の奉公は待ってもらうことにしましたと言うたら、母上に『若先生のご厚意を無にするつもりですか』とこんどは激しい勢いで叱《しか》られました。霧子、真に一緒に行かんでよかったぞ」

利次郎が霧子の顔を重ねて見た。

「お母上は、利次郎さんがしばらく待ってほしいと言われた真意を得心なされたのでしょうか」

「霧子、母上は最初に喜んだぶん、ぷんぷん怒って聞く耳持たぬふうであった。だが、父上は漠然とじゃが、その意を悟られたと思えた」

利次郎が霧子に説明したとき、霧子の表情が変わった。

「師匠が帰ってこられました」

と立ち上がり、迎えに出た。

「なんだ、あいつ。それがしの言葉を聞いておらぬではないか」

「利次郎どの、そなたの幸せな話より、弥助どのへの危惧が勝っておったということでござろう。弥助どのは霧子の師であり、父親のようなお人だからな」

「おまえ様、霧子さんが正気を取り戻したあと、利次郎さんとのことも含めて一段とその想いが強くなったように思います」

「それがしもさよう考えておる。霧子はだれよりも身内の温《ぬく》もりを欲しておるのだ。そのことを利次郎どの、忘れてはなりませんぞ」

「弥助様は亭主になるそれがしより上ですか。それがし、父上、母上と霧子のどちらをとると他人から訊かれたら霧子を選ぶがな」

利次郎がぼやいた。

「やはり一途な気持ちは利次郎さんも霧子さんもよう似ておられます」

おこんが言うところに、安堵の顔に変わった霧子が弥助を伴って居間に姿を見せた。

弥助には井戸端で顔と手足を洗った様子が見られた。

「いやはや、武者修行二十有余年の古強者に引き回されました」

「お腹《なか》も空《す》かれたことでしょう。ただ今膳《ぜん》を」

おこんが言うと、

「ちょいとほかのこともございまして、二八蕎麦《にはちそば》を立ち食いで啜《すす》りましたゆえ、おこん様、膳は話のあとでようございます」

と断るのへ、

「利次郎どの、この場に小田どのと辰平どのを呼んでくれぬか」

と磐音が命じ、畏まった利次郎が姿を消した。

「茶もよいが、重富家から頂戴した酒をこの場に供してくれぬか、おこん」

と磐音が願い、台所におこんと霧子が立った。

改めて坂崎家の磐音、おこんの夫婦、弥助、辰平、利次郎、霧子、小田平助の七人が顔を揃《そろ》えた。

土佐の酒が注がれ、おこんが、

「重富家からの頂戴ものですよ」

と紹介すると、弥助が香りを嗅《か》ぐ間もなく口に含んで、

「土佐の酒じゃな。気宇《きう》壮大《そうだい》な味がする」

と褒《ほ》めて、

「河股新三郎様にございますが、尚武館をよろめき出たあと、三囲《みめぐり》稲荷《いなり》の境内《けいだい》に入り、床下に這《は》いずり込むと、喀血《かっけつ》が収まるのを一刻の間、荒い息で待っておられました。喀血は初めてのことではございますまい。さらに一刻ほど体を休められて、持参の薬を口に含まれ、竹屋《たけや》ノ渡しを船で今戸橋《いまどばし》に渡られたのち、浅草から御《お》蔵前《くらまえ》通りをひたすら南に向かって歩かれました。歩き方はしっかりとして、喀血した人間とも思えません。ひたすら南に向かった河股様が日本橋を抜けて京橋を渡ったとき、わっしはひょっとしたら、木挽町の若年寄田沼意知《おきとも》様のお屋敷かと、嫌な感じがしたのでございます」

「やはり田沼一派の刺客でしたか、弥助様」

「利次郎さん、それがわっしの早とちりでございましてね。河股様は芝口《しばくち》橋を渡

って御堀端の道を西に向かい、二葉町《ふたばちょう》裏の長屋の木戸口を潜《くぐ》りました」

二葉町は、河股新三郎が修行していた愛宕下の天徳寺門前にあった直心影流長沼道場からそう遠くないな、と弥助の報告を磐音は聞いていた。

「河股新三郎様が住まいする家作《かさく》は、染物屋阿波屋《あわや》の持ち物の長屋にございましてな、染物長屋と呼ばれている九尺二間に独り住まいしておられました。引っ越してきたのは、つい一月前とのこと。わっしは思い切って家作の持ち主の阿波屋を訪ねて、番頭に一月前に住人になった河股様のことを尋ねてみました」

「弥助様、一月前に入った住人のことなど、なにも知らなかったのではございませんか」

「利次郎さん、それがとくと承知でした」

「えっ、一月で馴染《なじ》みになったのか。そうか、染物屋でなんぞ仕事を貰うておるのだな」

「利次郎さん、いささか違います。たしかに馴染みの店子《たなこ》でした。二十数年前、江戸を出るまでの何年か、河股新三郎様はこの阿波屋の長屋で暮らしていたのでございますよ。通いの門弟として直心影流長沼道場に通って修行していたのです」

「なんだ、昔の長屋に戻ってきたのか」

「明和九年の目黒行人坂から出火した大火事で燃えたそうですが、阿波屋では火事前と同じ場所に店を建て、家作も新築して二十年以上前から住み続ける店子もいるそうな。そんな長屋に河股様は戻ってこられたのです」

「阿波屋の番頭どのは河股新三郎どのの病についても承知でしたか」

「若先生、知っておりました。旅の道中、東海道三島宿でかかった医師は、余命半年ももてばよいと宣告したそうな。重篤な労咳《ろうがい》です」

　磐音はやはり宿病に冒されていたかと弥助の言葉に頷いた。

「旅で病にかかるのがたい、いちばんつらかとよ。ようもあん人は江戸まで帰ってこられたな。身内はおるとやろか」

「小田様、新堀川の馬場の番人であった一家は明和九年の大火事でちりぢりになり、生きておるのか死んでしまったのか分からぬと阿波屋の番頭に言われたそうです」

「天涯孤独の上に病に取り憑《つ》かれたと。気の毒たいね」

　自らも長年浪々の旅を続けてきた小田平助の言葉には、河股新三郎への同情が籠っていた。

「武者修行はどうにもこうにも金にならんもんたい。野に伏し、路傍の草をかじって腹を満たすしかなか。それでんなにがしかの費《つい》えは要ると。河股新三郎さんはくさ、よう路銀が続いたもんたいね」

「小田様、河股新三郎様は意外にも当座の銭には困っておりませんでした」

「道場破りで銭になる時世じゃなかろうもん」

「二十数年前、河股様が長屋を畳み江戸を離れる折り、阿波屋に挨拶《あいさつ》に出向き、預けていかれたものがありましたので」

「家財道具やろか」

「違います。刀一振りでした」

「ほう、刀ば預けていったとな」

「阿波屋ではせいぜい一、二年の留守だろうと預かったそうな。それが二十年以上になるとは努々《ゆめゆめ》考えもしなかったそうです」

「最前から度々話に出る明和九年の大火事もございました。阿波屋はようも預かり物の刀を守り抜いたものじゃな」

磐音が感慨深げに言った。

「あの火事の最中に土蔵にあった千両箱や藍甕《あいがめ》など、水を張った地下蔵の中に入れて蓋《ふた》をしたお蔭《かげ》で助かったそうです。それで阿波屋の再建が素早くできたのでございますよ、若先生」

「刀もその恵みでこの世に残ったのでござるな」

「へえ、火事で水を被《かぶ》った刀を手入れに出すと、なんと刀は織田信長様が愛用したへし切長谷部《きりはせべ》の名剣と分かったそうです。研ぎ師は万金の小判を積んでも手には入らぬ逸剣と保証したそうでございます。そうなると研ぎ代も高い。そこで阿波屋は研ぎは頼まなかったと言うておりました」

「魂消《たまげ》たばい。どげんして手に入れたとやろか」

小田平助の疑問にだれも応えられない。ともあれ、へし切長谷部を売り払えば労咳の治療に専念できると磐音は思った。だが同時に、河股新三郎が選んだ道は武芸者として、

「死に場所」

を探すことであったとも思った。

「若先生、そんなわけで河股新三郎様の住まいが分かった以上、あとは若先生方に相談してと思い、二葉町を離れました」

「ご苦労でございました」

磐音の言葉に弥助が土佐の酒を飲み干し、

「もう一つ報告がございます」

と顔を磐音に向け直した。

一同は弥助を見たが、だれも話の予測がつかなかった。

「わっしは二葉町を出て、芝口橋で東海道筋を日本橋に向かったのですが、その尾張町《おわりちょう》一丁目元地の辻《つじ》に差しかかったとき、思わぬ人物の姿に気付きまして。もはや日はとっぷりと暮れておりまして、あの界隈の店の大戸も下ろされておりました。ですが前を行くお武家様の後ろ姿を見て、わっしはすぐに佐野善左衛門政言《さのぜんざえもんまさこと》様と分かりました」

「なんと」

利次郎が驚きの声を上げたのは、尾張町一丁目の南端、元地と呼ばれる場所は木挽町の若年寄田沼意知邸に近かったからだ。

「佐野様は田沼邸を訪ねられたのでございますか、師匠」

「いや、その折りは分かるわけもなかったが、過日、この界隈で霧子が佐野様の姿を目にしたことがあった。なんぞ企《たくら》んでおられることだけはたしかなようだ」

「またもや危ない橋を渡られるか」

磐音が嘆き、

「若先生、もはや佐野様のことは放っておかれるのがよろしかろうと思います」

と利次郎が言い、

「それがね、利次郎さん、放ってはおけないのでございますよ」

と弥助が応じた。

「どういうことです、弥助様」

「へえ、ことのついでだ、とわっしは佐野様の跡をつけたんでございますよ」

「屋敷に戻られましたか」

「いえ、そうではないんで」

「どちらに参られたのであろう」

と利次郎が呟き、

「若先生、どちらと思われますか」

と磐音に質した。

「わが尚武館と関わりのある場所と言うておられるように聞こえるが、弥助どの」

「いかにもさようです。佐野善左衛門様が訪ねていかれたのは、大手御門から十

三、北八丁堀《きたはっちょうぼり》でございました」
「笹塚孫一《ささづかまごいち》様の役宅でございますか」

利次郎が急《せ》き込んで訊いた。

「いや、そうではなかろう」

利次郎の言葉を否定したのは磐音だった。

「佐野様が訪ねられた先は、白河《しらかわ》藩主松平定信《まつだいらさだのぶ》様の江戸藩邸ではござらぬか、弥助どの」

「へえ、そのとおりにございます」

そう推測した磐音の背筋にもぞっと悪寒《おかん》が奔った。

「どういうことだ。徳川家親藩《しんぱん》白河藩主松平定信様は、十一万石のお殿様。佐野様は直参《じきさん》旗本、新番士の家系。どこで繋がりがあるのだ。そうか、白河藩の家臣に佐野様の知り合いがいたのだろう」

と利次郎が言い、

「こりゃ、違うたい、利次郎さん。こん尚武館坂崎道場でご両者が会うたことはなかじゃろうか、若先生」

「それがしの知るかぎりございません」

「ばってん、ご両者は知り合いたい。どげんね、弥助さん」

「小田様、通用門の門番との応対を見ても、その後、一刻以上待っても佐野様が出てこられる様子がなかったところを見ても、佐野様は白河藩江戸屋敷に匿《かくま》われていると見たほうがよかろうと思います。わっしは思い切って屋敷に忍び込もうと考えましたが、これはやはり若先生の判断を仰ぐべきと、小梅村に戻ってきたのでございます」

「弥助どの、ご苦労にござった。この一件、われらの間だけの極秘のこととしとうござる。ともあれ一晩、今後の扱いを考えさせてくだされ」

と磐音が腹心の者たちに願った。

第二章　三つのお守り札

一

翌朝、朝稽古を終えた磐音は、道場から母屋へと、楓の青紅葉と竹林の間の木陰をゆっくりと歩いていた。

青紅葉は清々《すがすが》しいが、竹は葉が黄色になる、

「竹の秋」

から新葉が生ずると古い葉を落とす、

「竹落葉」

の時期に差しかかろうとしていた。ゆえに陰暦三月は竹秋《ちくしゅう》と呼ばれた。

ふと磐音の視線が老いた紅葉の幹にいった。

空蟬が止まっていた。

秋、冬、春の三季を過ごした抜け殻は二度目の夏を迎えようとして、かさかさに乾いて干からびていた。だが、かたちをしっかりと保ち、空蟬の脚は老樹の木肌をしっかりと摑んで留まっていた。

蟬の一生はわずか数日だった。脱皮した蟬はとっくにこの世から消えていたが、抜け殻は執念を見せて、

「生の名残り」

を保っていた。しばしその場に足を止めて空蟬を見ていると、背後に人の気配がして、

「若先生も気付かれましたか」

と辰平の声がした。

「そなた、承知であったか」

「毎日、この林の道を通りながら、なぜ気付かなかったのでしょうか。それがしも昨日、はじめて眼に留めたのです」

「あちらこちらと気を配っているようで、人間というもの、見落としていることがたくさんあるものじゃな」

磐音が空蟬に視線を預けたまま嘆息した。

「この空蟬を見付けたとき、咄嗟に河股新三郎様の姿と重なりました。河股様は人生五十年の古強者です。一方、抜け殼は種を次に繫ぐという大事を終えたものです。いえ、河股様が抜け殼と申しているのではありません。老樹にしがみついて生き延びてきた執念に敬意を表して、河股様を連想してしまったのです」

「辰平どのの言わんとするところ、分かります。ふっふっふ、たしかに空蟬が河股どののように見えてきた」

と磐音が笑った。

「以来この道を通る際は拝礼して、お杏さん方が恙無く江戸入りすることを願うことにしました」

「空蟬が辰平どのの護《まも》り神とな。ならば老紅葉空蟬之命《おいもみじうつせみのみこと》様に拝礼いたそうか」

と磐音が空蟬に頭を垂れ、辰平も倣《なら》った。

二人は林を抜けると泉水の向こう、緩《ゆる》やかな坂上に建つ母屋を見た。

金兵衛が空也を相手に話しながらなにかを造っている様子が窺えた。

爺様と孫、なんとも平穏無事の暮らしがあった。

「小梅村は長閑でほっとします」

と足を止めた辰平が呟いた。

「それがしも道場から母屋に向かうとき、いつも考えることじゃ」

「若先生もそうでしたか」

辰平の言葉に喜びが感じられた。

「われら剣術家は常にこの身を曝《さら》して生きていかねばならぬ。じゃが、この小梅村だけはその埒外《らちがい》にあってほしいと思うておる」

「はい。毎日のように爺様の金兵衛さんが孫の空也様の顔を見に来られる姿を見ているだけでも、ここは極楽浄土でございます」

と応えた辰平が、

「いささか年寄りじみた物言いでした」

と恥ずかしそうに笑った。

磐音は辰平がなにか尋ねたいことがあって追ってきたのではないかと思った。

「今津屋《いまづや》さんのご厚意にわれら、どれほど感謝してもし尽くせぬ。われらが護るべきはまずこの暮らし、天下国家のことは他人様《よそさま》にお任せしよう。剣に生き、身内の暮らしを護る、それがわれらの務めにござる」

辰平は磐音が今も空蟬を脳裏に思い浮かべていると思ったが、口にしなかった。

二人だけの秘密にしておこうと思ったからだ。

「辰平どの、箱崎屋ご一行は近々江戸入りなされよう」

磐音が剣術家の第六感で告げると、

「それがしもそう感じておりました」

と辰平も応じた。

「若先生、利次郎はそれがしより先に豊後関前藩に仕官の約定《やくじょう》を得たことを気にかけておるようです」

と話題を転じた。

「神保小路の痩《や》せ軍鶏《しゃも》とでぶ軍鶏は、歳月を経て兄弟同然の間柄に成長された。そのようなことを案ずることはない、といえばそれまでじゃが、互いが互いを思い遣る心を持っておられるのは麗《うるわ》しいことじゃ」

「われらは、若先生方を手本に生きてきました。河股新三郎様の対戦者にそれがしを指名された若先生のお気持ち、松平辰平、生涯忘れませぬ」

小伝馬町の牢屋敷に不覚にも連れ込まれたしくじりを払拭させるべく、磐音が辰平を同門の古強者と対戦させたことを察知していたのだ。

「それがしがそなたらに手を差し伸べることができるのは、ほんのわずかなことじゃ。ようも耐えて共に歩んでこられた。もはやそなたも利次郎どのも一家をなせよう」

「まだまだです」

と素直な気持ちを口にした辰平が、

「若先生、皆に若先生のお考えを聞いて参れと命じられ、あとを追ってきたのでございます」

「やはり辰平どのはご一統の使いであったか。一晩考えて答えの出ることもあれば、決心がつかぬこともある」

と磐音が苦笑いした。

「河股新三郎様と立ち合われますね」

「同門直心影流の大先達の願いじゃ。その日を迎えられることを楽しみにしており申す。じゃが、ただ今の河股様は体を治されることがなによりも先決。それがし、本日、桂川《かつらがわ》先生を訪ねて労咳の調薬を願おうと思うておる」

「若先生、お供させてください。薬を芝の二葉町の長屋に届ける役目を務めとうございます」

「ならば九つ半（午後一時）時分に出かけようか」

と応えた磐音に、しばし逡巡した体《てい》の辰平が思い切って訊いた。

「佐野様の一件はどうなされますか」

「こればかりは慎重の上に慎重の配慮を要する。それがしは当分静観いたそうと思う」

松平定信は尚武館坂崎道場の新たなる弟子であり、師弟の関係にあった。

だが、定信は八代将軍吉宗《よしむね》の孫にあたり、将軍位に就いてよい家柄であった。

事実、当代将軍家治《いえはる》の期待も大きかったが、その聡明さゆえに田沼意次に疎《うと》まれ、十七歳の折り、突然白河藩松平定邦《さだくに》の養子に出されて将軍位争いから消されていた。

そんな経緯があり、定信が田沼意次に恨みを持ち、懐《ふところ》に短刀を忍《しの》ばせて命を狙《ねら》ったという噂が、城中ばかりか世間にも流布《るふ》していた。

そのような人物の心中を詮索することを磐音は躊躇《ちゅうちょ》したのだ。

尚武館の真の敵は、絶大な権力を保持する老中田沼意次と若年寄田沼意知父子であった。あらゆることを想定し対策を立てなければ、尚武館坂崎道場は神保小路の尚武館佐々木道場がそうであったように踏み潰される、と磐音は考えていた。

ましてや、田沼父子との戦いに松平定信を巻き込むことは本意ではない。あくまで田沼父子と尚武館の勝負として決着をつけたかった。そんな磐音の気持ちを辰平は察していた。

「ただし、弥助どのと霧子には、白河藩江戸藩邸の人の出入りを見張り、佐野善左衛門政言様が真に白河藩に匿われているのかどうか、念には念を入れて確かめてほしいと伝えてもらえぬか。この役目だけは二人にしか務められぬとな。それと、見張り所などは木下一郎太《きのしたいちろうた》どのに相談されよと」

磐音の頭にあったのは、白河藩江戸藩邸が大手御門から十数丁の北八丁堀という地にあることだった。

南町奉行所同心の木下一郎太ならば、北八丁堀のどこにでも見張り所を設ける知恵を持っていると思ったのだ。

「承知いたしました。後ほどお迎えに上がります」

辰平は言い残すと、空蟬が待つ青紅葉の道へと走り戻っていった。

「父上」

空也が手に竹とんぼを翳《かざ》して見せた。金兵衛と二人で竹とんぼ造りをしていたらしい。

「爺上様に竹とんぼを拵《こしら》えてもろうたか。空也、飛ばせるのか」

「飛ばせます」

空也は幼い掌《てのひら》に竹とんぼの柄をはさみ、前後に両手を摺り合わせると、虚空に突き出した。だが、いったん上がりかけた竹とんぼが力なく横手に流れ、磐音の足元に転がった。

「空也、よう見ておれよ」

磐音が竹とんぼを拾い、勢いをつけて大空に放つと、
びゅーん
という音を残した竹とんぼが虚空高くへと飛翔していった。

「飛んだ、飛んだ。爺上様の竹とんぼが飛びました」

空也の興奮した声が小梅村に響いて、竹とんぼがゆっくりと下降に移り、沓脱石の上に着地した。

「そなた、覚えておらぬか。姥捨《うばすて》の郷《さと》で雑賀衆の子供たちが竹とんぼや凧《たこ》を手造りして飛ばしていた光景をな」

「ううーん」

空也が頭を捻《ひね》った。空也の姥捨の郷の記憶は曖昧模糊としていた。

「そなたの歳では記憶に残らぬか」

と呟いた磬音が、

「舅《しゅうと》どの、空也の遊び相手、ご苦労に存じます」

と礼を述べた。

「なんのことはねえよ、婿《むこ》どの」

と竹の削りかすで汚れた前掛けを外しながら金兵衛が応え、

「また奇妙な爺侍が道場を訪ねてきたそうな。武名が上がるってのは面倒なことだな」

「武名など上がった覚えはございませぬが、こたびのお方は直心影流の同門、長沼活然斎様の直弟子にして、二十数年余の武者修行の果てに労咳を患うて江戸に戻ってこられたのです。武者修行の成果を同門のそれがしに問いたいと申されては、断るに断れません」

「だってよ、相手は死病に取り憑かれているんだろ。静かに余生を送るのがいいと思うがね」

「いかにもさようです。ですが、剣術家というもの、病に斃《たお》れるより剣にて命が絶たれることを望むものです」

「婿どの、おまえさんも同じ考えかえ」

「それがし、病を発症しての最期を考えたことがございません。されど己の生死は己で決めとうございます」

「よく坊主なんぞが天命と言うが、親からもらった命は天の運命《さだめ》で決まるんじゃねえのかえ」

「舅どのの申されること、一々ごもっともです」

「それでも刀を振り回して死にたいか」

金兵衛の問いは単刀直入、直截だった。それだけに、問いをすり替えて答えることもごまかしも利かなかった。

磐音は沈黙で応えるしかなかった。

「剣術遣いたあ、厄介なもんだな。一体全体、おまえさんの剣術はなんのためにあるんだね」

その答えは磐音の心中に、

「坂崎磐音の生き方」

とあった。だが、口にはできなかった。

「婿どの、わしはおまえさんが背に負っている重荷を承知しているつもりだ。西の丸家基様、佐々木玲圓様、おえい様の無念を晴らす一念のために、おまえさんは生きている。武士の一分《いちぶん》とか剣術家の意地とか、深川六間堀《ふかがわろっけんぼり》に育ったわしには分かろうったって分からないことだ。田沼父子なんてね、黙ってたってめえでどつぼに嵌り込むよ。いっそのこと、放っとかねえか」

金兵衛の言葉に磐音は応えられなかった。

「赤穂《あこう》浪士はいかにも忠義の士だ。吉良《きら》様の首切ってよ、辞世の歌を残して切腹しなさった。当人たちは満足かもしれねえが、仇を討ったほうも討たれたほうも嘆き悲しむ身内がいるんだぜ」

磐音は黙って金兵衛の言葉を受け止めるしかなかった。

「お父っつぁん、それくらいにして。うちの亭主どのは心に決めたことを途中で諦める人ではないわ。私たちは黙って見ているしかないの」

縁側の金兵衛の言葉を座敷の障子の陰で聞いていたおこんが言った。

「まあ、おこん、おめえはよ、そんな坂崎磐音に惚《ほ》れたんだ。わしはな、いつまでもうちの長屋の浪人さんでいてくれたら、どんなに安楽な気持ちで過ごせたかと考えるぜ。婿どのが西の丸様の剣術指南と聞きゃあ、わしだって鼻が高いや。だけど、若い人を巻き込んで田沼父子を退治したって、その先にどんなことが待っているんだ。おりゃ、そんなことを考えると夜も寝られねえや」

金兵衛からこんな厳しい言葉を聞くのは初めてのことだった。

磐音は金兵衛の言葉を途中から黙って聞いていたが、

「舅どの、ようこの坂崎磐音を諭してくださいました。それがし、今の言葉、肝に銘じます。どうかこれからの生き方を見ていてくだされ」

と磐音は願った。


磐音は辰平を供に駒井小路《こまいこうじ》の桂川甫周国瑞《ほしゅうくにあきら》を訪ねた。

だが、国瑞は内藤新宿の患家の診察に出ているとかで留守であった。

桜子《さくらこ》が、座敷に上がってお待ちくださりませと願ったが、帰りは夕刻であろうという言葉に、訪《おとな》いの経緯を伝えて、

「労咳に効く異国わたりの薬はないでしょうか」

と願った。

「なんとまあ、坂崎磐音様は昔からお変わりございませんね。磐音様に勝負を求めてこられた剣術家の治療薬を、わざわざ多忙の身を顧みず、うちに求めにいらっしゃいましたか」

「桜子様、最前も舅の金兵衛どのからあれこれ懇々と説諭されました」

「いっそ刀を捨てて、うちの亭主のお弟子になられませんか。無理ですよね、坂崎磐音は坂崎磐音を最後まで貫き通すしかございませんものね。かつて、己の私利私欲より他人のために働く磐音様に惚れた女子もおりましたね」

と自らの過ぎ去った日のことを思い出したか、桜子が笑った。

「また伺います」

磐音が駒井小路を出ると辰平が尋ねた。

「小梅村に戻られますか」

「ここから稲荷《いなりこうじ》小路は近い。過日の一件の詫びを松平家にしておりません。そなたの実家に立ち寄って挨拶して参ろうか」

むろん田沼一党の策謀に落ちた松平辰平が無事に小伝馬町の牢屋敷から助け出されたことは、松平家に知らされていた。ために辰平の父の喜内《きない》から磐音に宛てて、

「愚息辰平の不覚、坂崎先生自ら先頭に立ち辰平の取り戻しにご尽力いただき、無事身柄を奪還されたと使いの方から聞き知り、松平喜内、ただただ恐縮至極に御座候」

との書状を受け取っていた。それだけに磐音は気がかりであった。

しかし辰平は、

「お杏さんから文が届いていましょうか」

とそちらを気にした。

稲荷小路の御小納戸《おこなんど》衆松平邸を訪ねると、老門番が、

「おや、辰平様、お加減はいかがですか。なにやらえらい目に遭《あ》われたとか、屋敷内で洩れ聞きました」

「案ずるな。しばし尼寺に籠って座禅修行をしていただけじゃ」

「えっ、男が尼寺で修行ができますか」

「小伝馬山女牢院と申してな、食べ物は一日一度、厳しい修行であったぞ」

と珍しく辰平が冗談を言い、知らせを受けた母親のお稲《いね》が玄関先に飛び出してきて、六尺豊かな倅の五体を見回し、

「辰平、怪我はございませんでしたか」

「母上、あろうはずもございません。若先生のお供にございます。まずは若先生に挨拶なさるのが先にございましょう」

と辰平が注意を促した。お稲が狼狽《ろうばい》して、

「坂崎様、こたびは辰平がえらい迷惑をおかけいたしました。お蔭さまでかよう

な元気な姿を見ることができました」

「遅くなりましたが、お詫びに上がりました」

「お詫びはこちらからにございます。それより坂崎様、辰平、うちでも小梅村に知らせなくともよかろうかということがございましてね」

「えっ、母上、箱崎屋ご一行になんぞございましたか」

辰平はお杏の道中に異変があったかと気にした。

「いえ、違いますよ。江尻《えじり》宿の飛脚屋からお杏さんの文はたしかに届いておりますが、そなた宛ての文ゆえ、中になにが認めてあるか、母は存じません」

「えっ、江尻宿からですか。となれば、今頃は箱根の関所は越えておられましょう。若先生、勘が当たりましたね」

と辰平の喜びの声が玄関先で弾けた。

二

松平家の主《あるじ》の書院は東南に広がる庭に面し、庭の中心には四、五十坪の広さの池があり、岩の上から一条の滝が涼しげに落ちていた。

青葉の季節だ。吹き抜ける風も爽《さわ》やかだった。

さすがは代々八百七十石を頂戴してきた譜代《ふだい》の臣の屋敷だ。しっかりとした武家屋敷であり、たびたび手が入っていると思わせる庭だった。

「おお、坂崎先生、ようおいでくだされた。過日は倅が不覚をとり、なんと小伝馬町の牢屋敷に押し込められるという失態にござった。まことにもって不甲斐《ふがい》ない所存にござる。松平喜内、かくのとおりお詫び申します」

磐音は喜内に先手をとられた。

「いえ、それはわれらの油断を相手方が巧妙についてきたこと、もはやあの一件は闇《やみ》に葬られて表に出ることはございません」

磐音はそう答えた。

北町奉行所の内与力猫田金次郎を抱き込んだ田沼一党は、松平辰平を牢屋敷の女牢に押し込めるという荒業《あらわざ》に出た。

だが、拘禁された場所が小伝馬町牢屋敷と知れると、笹塚孫一と木下一郎太の手助けも得て、迅速にして大胆にも磐音ら五人が牢屋敷に忍び込み、辰平の救出劇となった。

磐音らの行動は幕府としては許されざるものだった。だが、田沼一党とてこのようなことを表沙汰《おもてざた》にするわけにはいかなかった。

北町奉行所も沈黙を守り、猫田金次郎の亡骸《なきがら》の処分などを内々のうちに済ませていた。

「辰平どのは昔の同門の渡辺某《なにがし》を信じて従うたまで。また田沼一党は北町奉行所の役人を動かしたのでござる。辰平どのでなくとも疑う者はありますまい。それに、女牢に入る経験などだれしもできることではございません、喜内様」

珍しく磐音が冗談を交えて辰平に降りかかった災難を庇《かば》い、

「いかにもいかにも」

と喜内も頷いた。

松平家の代々の役職御小納戸衆は将軍に近侍して、身辺の物品に目配りし、日常の細務に従事した。

幕臣としての身分は若年寄支配、隔日番で将軍に仕え、むろん御目見《おめみえ》以上、布衣《ほい》の役職で役料は三百俵あった。

喜内には二人の男子がいた。

二歳上の辰平の兄、寅之助《とらのすけ》はすでに御小納戸見習いとして出仕していると磐音は聞いていた。ために辰平は部屋住みの身を余儀なくされる。次男が禄を分け与えられることや新たな役職に就くことなど考えもつかない時世だった。

松平家でも代替わりが進んでいたのだ。

喜内とお稲夫婦は次男辰平の先々を幼い頃から案じてきた。神保小路の佐々木道場入門も、当初辰平は、

「閑《ひま》つぶし」

程度に考えていた。

だが、佐々木道場で剣術の面白さと奥深さに目覚めた辰平は、ほぼ同時期に入門した重富利次郎と競い合って稽古をした。時に激しすぎるその光景は、

「痩せ軍鶏とでぶ軍鶏の喧嘩《けんか》」

と神保小路の評判になった。

そんな血気盛んな時代は瞬《また》く間に過ぎてゆき、辰平も利次郎も生涯剣の途《みち》に生きることを決意していた。

安永六年（一七七七）、尚武館佐々木道場の柿落《こけらお》としのあと、磐音とおこんは、豊後関前に戻る船旅に辰平を同道したのだ。そして、その後、磐音とおこんに別れを告げて、西国雄藩を巡る武者修行に独り出立《しゅったつ》した。

ゆえに江戸で起こった悲劇を、西の丸家基の暗殺、尚武館佐々木道場の取り潰

し、玲圓、おえいの死などを辰平は直には知らなかった。

尚武館と佐々木家を巡る激変を旅先で知った辰平は、その当時、父親の御用旅に同行して土佐に滞在していた利次郎とともに、磐音らの流浪《るろう》の旅に合流し、田沼一派との戦いに参戦した。

武者修行とその後の田沼一党との血で血を洗うような暗闘は、辰平をまたひと回り大きな剣術家に育てていた。

「若先生、父上、母上、お杏さんの文を読んでようございますか」

父と師の話を黙して聞いていた辰平がついに堪《こら》えきれなくなったか、許しを乞うた。

「なんじゃ、小梅村に戻るまで待てぬのか」

「おまえ様、そのような意地悪を言うものではございませんよ。若先生、ようございましょう」

母親のお稲が許しを磐音に乞うと、

「辰平どの、好きになされ」

「はい」

と返答した辰平が急ぎ書院から廊下に出ると、縁側に腰を下ろしてお杏の飛脚便を読み始めた。

「若先生、下城の折り、大手御門でな、いささか奇妙なことがござった」

と倅の背を見送った喜内が言い出した。

「はて、どのようなことでございましょう」

「福岡《ふくおか》藩黒田《くろだ》家のご一行も下城の最中であったのだが、一人の武家がつかつかとそれがしに歩み寄られ、挨拶なされたのだ。それがし、黒田家とは縁がない
………」

「………御小納戸衆松平喜内様とお見受けいたします」

「いかにも松平喜内にござる。して、貴殿は」

「それがし、筑前福岡藩黒田家家臣吉田保恵《よしだやすえ》と申します。不躾《ぶしつけ》とは存じましたが、そなた様のお姿をお見受けいたし、門番に確かめた上で声をかけ申した。ご無礼をお詫び申します」

福岡藩の家臣にまで喜内の顔が知られているはずもない。はて、おかしなことよと喜内が壮年の武家に応じた。

「無礼などいささかもござらぬ。それより、近頃それがし頓《とみ》に老い申し、そなた

様に会《お》うたことを失念しましたかのう。ならばお詫び申す」

「いえ、われら初対面にございます。されど子息辰平どのの名はよう承知しております」

「廻国修行の途次、辰平が福岡城下に立ち寄ったとは聞いておりましたが、さようでしたか、倅がご当家に世話になりましたか」

「それがしの父吉田久兵衛《きゅうべえ》は、辰平どのより先に来福《らいふく》された坂崎磐音どのと親しく交わりをなしておりました。その折り、おこん様も同道なさっておられたそうな」

「おお、豊後関前に夫婦して戻られた折りのことでしたな」

「いかにもさようです。こたび江戸勤番と決まり上府いたしましたが、『尚武館坂崎道場が再興なったと聞いた、ぜひ訪ねてご挨拶してこい』とわが父に命じられておりながら、未だ藩務多忙でその命《めい》を果たせておりません」

破綻していた藩財政を立て直した福岡藩五十二万石の中興の祖と呼ばれる吉田久兵衛の名をさすがに喜内も承知していた。その人物の嫡子《ちゃくし》が坂崎磐音の名まで出して声をかけてきたのだ。

「坂崎先生もきっと喜ばれますぞ。またその節は不肖《ふしょう》の倅、辰平がお世話をかけ申した」

喜内が改めて頭を下げると、

「松平喜内様、どうかそのようなことはおやめくだされ。父が坂崎磐音様の近況を気にしてのことです」

「……父上、吉田久兵衛様のご子息にお会いしたおぼえはございません」

辰平が文を手にしたまま書院に戻ってきて、父と磐音の話に加わった。お杏からの文を読みながら父の話を聞いていたらしい。

「そなた、吉田保恵様と会うたことはないとな」

「記憶にございません」

喜内の視線が磐音にいった。

「それがし、父御久兵衛様には縁があっても、嫡子どのにはお会いしたことはございません。考えますに箱崎屋ご一行の上府の折り、箱崎屋と黒田家は昔から深い縁を結んでこられたゆえに、その筋にて声をかけられたのではございませんか」

確かに箱崎屋親子は江戸への旅の途次にあった。とするとお杏の姉たちの嫁ぎ先か、あるいは箱崎屋の分家が吉田久兵衛の嫡子保恵に辰平のことを話し、こたびの城中での問いかけになったのではと磐音は推量したのだ。

「それにしても、なぜそれがしのことを」

と問わず語りに辰平が呟くと、はた、とお稲が気付いたように、

「辰平、箱崎屋様方ではそなたに刀を捨てさせる気ではございませぬか」

と言い出した。

「母上、それは困ります」

辰平が言下に応じた。

しばし母子の会話を聞いていた磐音が、

「辰平どの、なにごとも推量で判断するのは害あって益なしです。吉田保恵どのが小梅村を訪ねてこられるのを待ちましょう。それよりなにより、箱崎屋のご一行が近々江戸に到着なさる。さすれば吉田どのの言葉も氷解しましょう。お杏どのは、いつ江戸入りと書いてこられましたな」

「江尻宿から五日前、出された文にございます。となればもはや箱根の関所を越えて、明日か明後日にも江戸入りなされてもおかしくはございません」

「宿はどちらでございますか」

「室町《むろまち》の筑前博多屋豪右衛門《はかたやごうえもん》方にございますそうな」

博多屋は黒田家の御用達旅籠《はたご》として江戸に知られていた。

「ならば本日の帰りに立ち寄り、なんぞ箱崎屋ご一行から知らせが入っておらぬか尋ねて参ろうか」

「ならば若先生、これより参りましょう」

「辰平、坂崎様にお茶の一杯も差し上げておりませんよ。もそっとゆっくりできませぬか」

「できません」

と文をしっかりと握った辰平が立ち上がった。

筑前博多屋のある室町二丁目に磐音と辰平が到着したのは、夕暮れ前のことだった。

室町は日本橋の北詰から北西に延びた通りで、福岡藩の御用達の旅籠は五街道の基点から二丁と離れてない、江戸の中心部といってよい。

夕刻前とあって、通りを商家の番頭やら普請場《ふしんば》帰りの職人やら夕餉の菜の魚などを入れた竹籠《たけかご》を持った女衆《おんなし》が往来し、その間を大八車《だいはちぐるま》が奔ったりして込み合っていた。

二人が稲荷小路から室町に着いたにしては刻がかかりすぎていた。それには理由があった。

気持ちが逸る辰平に願い、磬音は駒井小路の桂川甫周国瑞の屋敷にもう一度立ち寄り、門番に国瑞が帰宅していないか念を押してみると、

「つい最前戻られました」

との返答を得て、玄関先に向かった。すると患者が何人か待つ内玄関に、外出から戻ったばかりの体《てい》の国瑞が姿を見せて、

「尚武館の若先生、留守をして相すまぬことでした」

と詫びの言葉をかけてきた。

御典医桂川家では、国瑞と門弟たちがこの界隈の病人たちを受け入れて診察していた。中には治療代に事欠く患者や怪我人もいたが、国瑞は支払える患者だけから金銭を受け取り、治療にあたる門弟衆には、

「医師は実践の場で患者から学ぶことがなにより大事だ。金銭の多寡《たか》などで扱いを変えてはならぬ。難しい病であればあるほどそなたらを育てる師と敬い、治療にあたれ」

と常日頃から教え込んでいた。ゆえに近頃では国瑞がいなくとも門弟が中心になって外来の患者、怪我人を受け入れていた。だが、国瑞の診察を受けたいと願う者もいて、その者たちが主の帰りを待ち受けていた。

「いえ、甫周先生、約定もなく訪ねてきたのは当方です。お留守と伺い、辰平どのの実家を訪れておりましたので、催促がましくも稲荷小路の帰路に再び立ち寄った次第です」

と再訪の理由を磐音が述べると、

「また厄介な人物が尚武館に現れたと桜子から聞いたところです」

と国瑞が苦笑いした。

「患者方が待っておられる玄関先で恐縮ですが、事の次第はかくのとおりです」

と前置きして、労咳を患っていると思われる老武芸者河股新三郎のことを告げた。

「坂崎さん、あなたとの真剣勝負に来た相手の面倒までみていたら、体がいくつあっても足りませんぞ」

と言いながらも、

「歳はいくつです」

「五十をいくつか越えた年齢かと存じます」

「二十余年にわたる厳しい武者修行で痛めつけられた五十路《いそじ》の体、また辰平どのとの立ち合いの最中、尚武館の床を汚した喀血が初めてではあるまい。坂崎さん、残念ながら回復させる手立てはどのような名医にもありませんよ」

「労咳は死に至る病、承知しております」

「坂崎さんはあくまでその者を一時《いっとき》にせよ、立ち合う体にしてくれと願うておられるのですか」

「いえ、それがしとて病を負うた剣者と本心から立ち合う気持ちはございません。ただわずかなりとも、河股どのには死の時まで剣術家として生きる覚悟と張りを持ち続けていただきたいと願うて、かように訪ねて参ったのです」

「事情は相分かりました」

と応えた国瑞が、

「若先生、その者、芝二葉町の長屋で臥《ふ》しておるのですな」

「弥助どのの報告ではさようです」

「よし、明日にも私が診察に参りましょう」

「なんと、御典医桂川甫周先生自ら足を運ばれますか。桂川家の門前には常にこのように患者方が待っておられるのです。それがし、甫周先生御自らの診察を願おうとまでは正直考えておりませんでした」

「坂崎さん、患者の容態を診《み》ぬことには薬の調合はできません。明日は御城には上がらぬ日ゆえ、昼下がりの八つ（午後二時）過ぎに芝二葉町を訪ねましょう」

「恐縮至極です」

「若先生、それがしが桂川先生を案内《あない》して参ります」

磐音の返答に辰平が言い出し、話が決まった。

この日、松平邸から駒井小路の桂川邸に再度立ち寄ったために、室町に二人が姿を見せたのは夕暮れ前の刻限になっていた。

筑前博多屋は福岡藩の御用達だけあって、玄関先は領内の商人や家中の者たちで込み合っていた。

「ご免くだされ」

辰平が磐音を案内するように暖簾《のれん》を潜り、土間へと敷居を跨《また》いだ。

磐音が続こうとすると、辰平の動きが敷居を跨いだところで動かなくなった。

客で込み合っているゆえ、辰平が躊躇したのかと磐音は待った。

筑前博多屋の土間もがやがやとした話し声が途絶えていた。凍りついたような辰平の背が一、二歩中へと入り、

「お杏さん」

と呟く声が磬音の耳に届いた。

（なんと箱崎屋ご一行はすでに江戸入りしておられたか）

こちらも驚きを隠しきれない磬音が暖簾を搔き分けると、折りから男女連れの旅人一行がたった今到着したばかりの体で、辰平の呟きに振り返ったところだった。

旅姿のお杏は上がりかまちで濯《すす》ぎ水を使おうとしていた。それが突然の辰平の登場に、体を固まらせて驚きの顔で入口を振り仰ぎ、そのまましばし言葉もなくしていた。

じいっ

と辰平とお杏はお互いを見詰め合っていたが、

「辰平様」

と弾けるような喜びの声をお杏が上げた。

磬音がおこんとともに博多を訪ねたのは、安永六年の初冬のことだった。

その折り、箱崎屋の末娘は十七歳、匂《にお》い立つ娘盛りであった。

あれから幾年が過ぎ去ったか。

お杏は蛹《さなぎ》から蝶に変身するように美しい女に成長していた。それは辰平が、はっとして数瞬言葉を失った挙動にも表れていた。それでいてお杏はその佇《たたず》まいと顔に初々しさも残しており、磐音が出会った十七のときの印象も留めていた。

「なぜ私どもが今日、江戸入りすることをご存じなのですか」

お杏が尋ねた。耳馴れた博多訛《なま》りではなく、お杏の江戸ことばに辰平は驚かされた。

「いえ、本日、若先生のお供でわが松平家を訪ね、母上からほれ、かようにお杏さんが江尻宿から出された文をもらい、江戸の滞在先を知ったところでした。ゆえに箱崎屋ご一行がいつ頃ご到着であろうかとこちらに尋ねに参ったのです」

懐からお杏の文を出して見せながらの辰平の説明に、ようやく驚きから覚めたお杏が上がりかまちから立ち上がり、

「坂崎様、辰平様、江戸に参りました」

弾けるような笑みと声で二人に挨拶した。

「お杏さん、よう恙無く江戸へ参られました。お待ちしておりました」

万感の想いをこめて辰平が話しかけ、次いで父親の箱崎屋次郎平《じろべい》に会釈《えしゃく》をして、

「次郎平様、博多滞在中はひとかたならぬ世話をおかけいたしました。また長の道中ご苦労にございました」

と次郎平と従者の手代らに言葉をかけた。

「まさか到着早々に坂崎磐音様と松平辰平様のお迎えを受けようとは、箱崎屋次郎平、ただただ驚きの一言以外に言葉を持ち合わせておりません、坂崎様」

次郎平の言葉に磐音が頷き返した。

「お杏さん、江戸はいかがにございますか」

辰平が嬉《うれ》しさを隠しきれない様子で尋ね、

「福岡の城下と博多しか知らぬ杏でした。こたびの道中で大坂、京、伊勢《いせ》、尾張名古屋と見物して参りましたが、日本橋を往来する人の数の多さと賑《にぎ》わいは格別です」

「明日からそれがしが、お杏さんの参られたいところ、どこへでも案内します。なんなりとお申し付けくだされ」

「お願い申します」

四年半ぶりに会う二人は、筑前博多屋の玄関先での思わぬ再会に、いつまでも

喜びを隠しきれない様子だった。

「お武家様、いかがですか。店座敷にお上がりになっては」

箱崎屋の親子と武家二人の双方が格別に親しい間柄と察した番頭が、箱崎屋次郎平と磐音の顔を見て言った。

「いえ、博多からの長旅にてようやく江戸に到着されたばかり、お疲れにございましょう。箱崎屋様方が江戸に逗留《とうりゅう》なされる間、改めてこちらをお訪ねする機会もたびたびございましょう。本日はこれにて失礼いたします。それでよいな、辰平どの」

磐音の言葉に頷きながらも、辰平とお杏の表情が曇ったのを磐音は見た。

そこで、

「次郎平様、まずは近々わが住まいの小梅村に次郎平様とお杏どのをお招きしとうございます。ご都合は改めてお伺いします」

「お心遣い有難うございます」

と次郎平が受けた。また辰平も、

「それがし、お杏さんが息災で江戸に到着されたのを見て、これ以上の幸せはございません。旅仕度を解いておられるご一行の邪魔をいたしたくはございません。

若先生、これにて辞去いたしましょう」

「お二方、お暇《いとま》なさると仰《おつしや》いますか。それではいくらなんでも愛想なしです。あとでお杏からきつく叱られます。長くはお引き止めいたしません。ちょうど良い機会です、私どもの江戸での日程などをご相談申し上げとうございます。博多屋の番頭さん、店座敷などと言わずに、私どもの離れ座敷に坂崎様と松平様を招じてください」

さすがは西国一の豪商箱崎屋の当代の貫禄《かんろく》だ。

「畏まりました」

と番頭が応え、予期せぬ対面にその成り行きを見ていた博多屋の男衆女衆《おとこしおんなし》が一斉に動き出した。

「お杏さん、迷惑ではございませんか」

「迷惑なんてあろうはずもございません」

「本日、お稲様にお会いになったのでございますね。杏が江尻宿より出した文を辰平様にお渡しなされたのですね」

と念を押した。

「父も母も首を長うしてお杏さんの江戸到着を待っております。なによりお会いすることを心待ちにしています」

辰平の言葉にお杏の最後の懸念が掻き消えたようで、大店《おおだな》の末娘の大らかで明るい笑みが顔に浮かんだ。

その笑みを見た瞬間、辰平の胸がじんわりと熱く燃えた。

「若先生、辰平様、ささっ、お上がりください」

しばし迷う様子の辰平を磐音が見て、

「辰平どの、かような出会いも箱崎屋さんとの縁があってのこと、しばしお邪魔いたそうか」

と言い、二人は室町の旅籠筑前博多屋方の土間で腰の大刀を抜いた。

三

晩春の夕暮れ、西の空が茜《あかね》色から濁った色に変わろうとする刻限、柳橋《やなぎばし》の船宿川清《かわせい》の船頭小吉《こきち》の漕ぐ猪牙舟《ちょき》で磐音と辰平が戻ってくるのを、小田平助や利次郎ら住み込み門弟と白山が尚武館道場表門前の河岸道《かしみち》から見ていた。そこになぜか、武士を捨て陸奥磐城平《いわきたいら》藩安藤《あんどう》家下屋敷の門番を務める竹村武左衛門《たけむらぶざえもん》の姿も混じっ

ていて、

「おお、どうだ、わしの勘のよさは。そろそろ若先生の帰りの刻限と言うたであろうが、利次郎」

と胴間声《どうまごえ》を張り上げた。

猪牙舟から磐音らが河岸道を眺めていると、早苗《さなえ》に手を引かれた空也が迎えに現れ、

「父上、辰平さん、夕餉が冷めますよ。皆さん、最前から待っておられます」

と叫んだ。

しっかりとした言葉遣いを空也が覚えたのは、おこんをはじめ品川幾代《しながわいくよ》やら早苗など、御家人であれ浪人であれ、武家で育った女衆がいるからだ。

「おお、いかにも、いくら美味《うま》い飯でも主がいなくては不味《まず》くなる。帰りの刻限くらい守れぬのか、若先生」

武左衛門がまるで坂崎家の身内ででもあるかのように声をかけて、

「あら、父上、まだおられたのですか。父上こそ長屋に帰らねば母上が困っておいでです。さあ、若先生方もお戻りになりました。父上も早々にお帰りくださ
い」

武左衛門の長女の早苗が父に命じた。

「勢津《せつ》が困るのはわしの膳が片付かぬからであろう。ともあれ、わが家の貧しき夕餉は終わっておるわ。わし一人で飯をもそもそ食うても美味《おい》しゅうないぞ、早苗」

「といっても坂崎家には父上の膳など仕度してございません」

「そう冷たく言うでない。これだけの大所帯、わし一人が増えたからと言うてどうってことはあるまい。のう、若先生」

武左衛門が磐音に助けを求めた。

「早苗どの、おこんに言うてな、いささか嬉しいことがあったゆえ、皆で膳を囲みたいと言うてくれぬか」

磐音が言い、

「しめた。若先生、さような席にわしを外すなど非情なことはなすまいな」

「承知いたしました。早苗どの、父御の膳を一つ増やしてくれぬか」

早苗は磐音の言葉に、はいと素直に受けたものの、

「父上、娘の立場をお考えになったことがおありですか。父上の厚顔には呆《あき》れ果てます」

と武左衛門を睨んだ。

すると、田丸輝信が、

「この勝負、父の武左衛門山《やま》の粘り勝ち」

と叫ぶや武左衛門が輝信の前に蹲踞《そんきょ》して勝ち名乗りを受けた。

「輝信さん、そうやって父を甘やかさないでくださいまし。そなた様には今宵《こよい》は酒なしとおこん様に願います」

「おい、それはなかろう。武左衛門山の娘」

輝信のさらなる言葉に、早苗がぷんぷんと怒って母屋に駆け戻っていった。むろん半分は怒った真似《まね》だ。

「小吉どの、助かった。明日も川清に伺い、また船を願うやもしれぬと主の耕《こう》右衛門《えもん》どのに伝えてもらえぬか」

「畏まりました」

小吉が磐音と辰平の二人を尚武館の船着場に下ろすと、舳先《へさき》を巡らし堀留から本流へと戻っていった。

「父上、嬉しいこととはなんでございますか」

空也が磐音の手を摑んで尋ねた。

「はて、なんであろうな。嬉しいことは皆が揃うた席で話そう。先にここで話してはおこんが可哀想《かわいそう》じゃでな」

「母上も喜ばれる話ですか」

「きっと大喜びなされよう」

父子の会話を聞いていた武左衛門が、

「おい、辰平。そなたも承知じゃな。なんだ、嬉しい話というのは」

「若先生が口にされないことを、従者のそれがしができるはずもございません」

と応えた辰平の顔がいつもより穏やかだと利次郎は感じていた。そして、磐音と辰平が、河股新三郎の一件で駒井小路に桂川国瑞を訪ねたことを思い出した。帰りに川清の舟で戻ってきたとなると、二人が今津屋に立ち寄ったことが容易に推測された。

「辰平、今津屋を訪ねたのか」

「店先ですが立ち寄りました」

「嬉しいこととは今津屋がらみだな。どうみても病持ちの老武芸者に絡んだ話とは思えぬ」

「利次郎、おれの口から言えるものか」

「水臭いな」

「武士は口が堅くなくてはいかぬ」

「ふーん、まあ、武左衛門様を見ておれば、二本差しから落ち零《こぼ》れたのもよう分かるがな」

「利次郎、おれの話よりそなたの口を注意いたせ。霧子がおらぬと思うて油断しておると、相手が相手じゃ、不思議な手で反撃されようぞ」

「おっ、霧子のことを忘れておった」

利次郎が慌《あわ》てて口を噤《つぐ》んだ。

弥助と霧子は、北八丁堀の白河藩江戸藩邸の出入りを見張る場所を、木下一郎太の口利きで本材木町《ほんざいもくちょう》番屋に設けることになり、二人はそちらに詰めていた。

「小田平助どの、えらく静かじゃな」

こんどは武左衛門が平助を話し相手に替え、ちょっかいを出した。

「春が行き、夏が到来する夕間暮《ゆうまぐ》れたい。かようなときにはくさ、人間というものあれこれと考えるもんたい」

「なにっ、小田平助どのは思索に耽《ふけ》っておられたか。ほう、さように深遠な人物とは思わんかったばい」

「ばいは余計たい」

「ばいはいかんか。もうそろそろ膳の仕度もできた頃合いであろう。母屋に参ろうか」

武左衛門が先導して磐音らは従った。

利次郎は辰平が青紅葉の老樹の下で一礼したのを見た。

磐音が老紅葉空蟬之命と名付けた蟬の抜け殻にだ。

辰平は空蟬に出会って運が向いたと思っていた。早くてもお杏の江戸入りは明日か明後日と思っていたものが、思いがけなくも今日再会できたのだ。どうやら江尻宿からの飛脚便は、なにかの理由で通常より二日ほど遅く松平邸に届いたようだ。

「辰平、なんだ、その頭の下げ方は」

「うむ、頭など下げておらぬが」

「いや、たしかに下げた。なぜ嘘《うそ》を申す」

「利次郎、人にはそれぞれ癖もあり、当人が気に留めぬ動作もある。そう詮索するではない」

「辰平、おれには癖などないぞ、至って真っ正直な人柄でな」

「利次郎、真っ正直と癖とは関わりがない。そなた、歯軋《はぎし》りが凄いぞ」

「えっ、おれが歯軋りをするのか」

「おお、毎晩な。それがしは悩まされておる」

二人の会話を後ろから聞いていた神原辰之助が、

「利次郎さん、それは不味い。私の知り合いに歯軋りがひどいというので離縁になった男がいますよ」

「武家方か」

「いや、町人です。ですが、男と女の間、武士も町人もないでしょう」

「うーむ、困った。霧子は歯軋りが好きではあるまいな」

「歯軋りが好きな人間などおるまい。一生寝所を共にする相手が歯軋り癖ではな、先がないな」

輝信が会話に加わった。

利次郎が腕組みして考え、

「辰平、それほどおれの歯軋りはひどいか」

「うん、なんの話だ」

「なんの話とはなんだ。おれの歯軋りの話だ」

「そなた、歯軋りをするのか」

「な、なにっ、おぬしが言うたのではないか。おれの歯軋りがひどいと」

「ああ、あの言葉ならば虚言だ。そなたがあれこれと小うるさく詮索するゆえ、一発かませたのだ」

「なにっ、虚言じゃと、一発かませたじゃと。おれは霧子にどう言い訳しようかと真剣に考えておったのだぞ」

「すまなかった」

辰平が素直に詫びて利次郎が安堵の吐息をつくのを辰之助が見て、

「剣術の駆け引きも話の仕方も辰平さんが一枚上手《うわて》。危うし、重富利次郎かな」

「辰之助、明日の稽古をみておれ。そなたが足腰立たぬよう叩きのめしてやる」

「利次郎や、いかん、いかんばい。私怨を道場で晴らしてはいかんばい。上に立つもんはくさ、よかところを見付けてくさ、上手に指導せんといけんたい。小田平助どの、どげんな、わしの考えは」

「武左衛門さん、わしの西国訛りも世の理《ことわり》もよう承知たいね」

と武左衛門の物真似を当の平助が受け流し、

「利次郎、よかね、真の成人男子の会話とはこげんふうにするとばい。辰平のごと、尖《とが》った言いかたはいけんばい」

と武左衛門が口真似を続けると、

「武左衛門さんもくさ、なかんなか小田平助様の口真似が上手《じょうず》たいね」

と空也が言い、一同に笑いが起こった。


この夜、小梅村の夕餉はいつもより半刻《はんとき》（一時間）ほど遅く始まった。

座敷に坂崎一家、客分の小田平助、押しかけの武左衛門、住み込み門弟に早苗ら女衆も加わり、賑やかな夕餉になり、酒も添えられた。

「おまえ様、嬉しいことがあったそうな。なんでございましょうか」

全員が膳の前についたとき、おこんが磐音に催促した。

「おこん、いささかあちらこちらと走り回る半日であった。河股新三郎どののことは明日、桂川先生自ら診察をしてくださることになった」

「河股様がおまえ様の配慮を、桂川先生のご厚意を素直にお受けなされましょうか。いわば敵方に塩を送る話でございましょう」

「それがしは表に立つことはない。桂川先生にお任せするしかない。案内方は辰平どのと思うたが、それもやめようかと思うておる」

「若先生、なにが起こってもなりません。やはり、それがしが桂川先生を長屋の木戸口まで案内いたします」

「そうじゃな。一晩考えさせてくれぬか」

と磐音が辰平に応じるのへ、おこんが問い返した。

「嬉しいこととはそのことですか」

「おこん、違うのだ。辰平どの、そなたの口からご一統に申し上げなされ」

と再び辰平の顔を見た。

「本日、室町の福岡藩御用達旅籠の筑前博多屋にてお杏さんと会うたのです、おこん様」

「えっ、どういうことですか」

いきなりの辰平とお杏の再会話に、おこんならずとも磐音を除く一同が驚いた。中にはお杏が何者か知らぬ者もいた。

「な、なにっ、お杏さんとやらはいつ江戸入りしておったのだ」

利次郎はお杏のことを知る数少ない人間だった。

「利次郎、箱崎屋ご一行が筑前博多屋に到着なされた直後に、若先生とそれがしが訪ねたのだ」

「辰平さん、お杏さんが筑前博多屋さんにご宿泊と承知しておられたのですか」

「それが違うのです」

「話が分からぬではないか、辰平」

利次郎がおこんと辰平の話に割って入った。

「いささか性急な話し方であったか」

稲荷小路近くの松平邸に届いていたお杏からの文で江戸での宿泊先を知った辰平が、筑前博多屋に箱崎屋一行の到着日などが書状で届いていないか、訪ねてみたことを伝え、偶然にも玄関先で会ったことを告げた。

「なんとも思いがけないお杏さんとの再会でしたね。辰平さん、何年ぶりでしたか」

「四年半ぶりです」

「私たちが会った折りはまだ初々しい娘御でした。ただ今はお美しい女衆になられたことでしょうね」

「はい」

おこんの問いに辰平が素直に返答をした。

「お杏さんとは、以前聞いた博多の方ですか」

と輝信が念を押した。

「その女子、何者じゃ。そなたとどのような関わりがあるのだ」

武左衛門が言い出した。

「父上は黙っていてください。話が複雑になります」

早苗が武左衛門を制し、おこんが、

「辰平さん、同じ釜《かま》の飯を食べ合うお仲間には詳しく話していいわね」

と念を押すと辰平も頷き返した。

おこんが武左衛門の疑問に応えるかたちで、松平辰平が筑前福岡城下に滞在中に世話になった箱崎屋がどのような大商人か、お杏がその末娘であることなどを告げた。

「おい、辰平、その女子に惚れたのか」

武左衛門の不躾な問いにも辰平がこくりと頷き、

「お杏さんも辰平さんがお好きなのですか」

と早苗が質した。

さすがに辰平も応えない。その代弁をおこんがなした。

「ご一統様、お杏さんは辰平さんに会うために博多から江戸まで道中されてきたのよ」

「それがしはお杏さんが好きです」

しばらくしーんと静まり返っていた一座が、辰平の言葉に、

　わあっ！

　と沸いた。

「辰平どのの一言がすべてじゃ。おこん、お杏どのは初々しさを残した綺麗《きれい》な女衆に成長しておられた」

「辰平さん、少しは話せましたか」

「二人だけではさほど」

　と辰平が応え、磐音が、

「おこん、ご一統、箱崎屋さんは商いの御用もあっての江戸入りでござる。されどもう一つ大事な話があってのことかと思う」

「そ、それは、辰平とお杏さんのことですね」

「利次郎どの、いかにもさようじゃ。されど江戸に到着したばかりのご一行とそのような話ができるわけもござらぬ。明日一日、箱崎屋次郎平様方は旅の疲れを旅籠にてとられることになった」

「おまえ様、うちではどのようなことを仕度すればようございましょう」

「おこん、相談じゃが、明後日、小梅村に箱崎屋次郎平様とお杏どのをお招きしてはいかぬか」

「結構にございます。一夜こちらに泊まっていただくのもようございましょう」

おこんは動じることもなく即答した。

「ほかにお呼びになるお方は」

「それがしの心積もりでは、松平喜内様とお稲様、われらが世話になり、また箱崎屋と取引きのある今津屋吉右衛門《きちえもん》様にお佐紀《さき》どの、老分の由蔵《ろうぶんのよしぞう》どの、ほかにおられるか、おこん」

「いえ、こたびはその方々で十分にございましょう」

「ならば今宵にも書状を認め、明日にも松平家と箱崎屋次郎平どのには正式なお招き状を届けよう。今津屋には内諾を得てある」

「そのお役目、それがしがいたします」

辰平が名乗りを上げた。

磐音が頷いて承諾し、利次郎がすぐにその言葉に応じて言い出した。

「若先生、最前の桂川先生の案内方ですが、辰平に代わってそれがしではいけませぬか。辰平は河股どのと立ち合うた間柄、それがしとはなんの遺恨《いこん》も曰《いわ》くもございません」

「それは有難い。利次郎どの、そうしてもらえようか」

と最前一晩考えると言っていた言葉を翻して磐音が応えた。

「すまぬ、利次郎」

「霧子の折りは世話になった。こんどはそれがしが働く番だ。なんでも言うてくれ」

「相分かった」

と辰平が利次郎に会釈するのへ、

「さあ、遅くまで夕餉を待たせてしもうたな。辰平どのによき話が舞い込むよう、酒《ささ》に祈りを込めて乾杯しようか」

と磐音の音頭で一同が酒を干した。

西国の筑前博多から松平辰平に会いに来たというお杏の話は、若い独り者がほとんどの尚武館坂崎道場の住み込み門弟らの胸を熱くした。

辰平はいつも以上に平静を保とうとしていたが、おこんは辰平の顔が時に綻《ほころ》ぶのを微笑ましげに眺めていた。

四

翌日、朝稽古を終えた辰平と利次郎が母屋に呼ばれ、おこんがいつも以上に二人の外着に気を配って、

「いささか衣替えには早いけど、薄袷《うすあわせ》に替えましょうか」

と仕付け糸を解いて、木綿縞《もめんじま》ながら白地の縦縞と藍の格子《こうし》をそれぞれ渡し、夏袴を付けさせると、二人して六尺を優に超える長身だけに爽やかな若侍ができあがった。おこんが二人の着付けを手直ししながら、

「これでだれにも文句は言わせないわ」

と呟いた。

「おこん様、いつも汗じみた稽古着ばかりのそれがし、なぜか別人になったような気がします」

と藍格子を着込んだ利次郎が言うのへ、

「霧子さんが見たら、きっと惚れ直すわよ」

とおこんが応じた。

「霧子に見てもらいたいが、御用の最中じゃからな、そうもいかぬ」

と本心をちらりと洩らした利次郎に、

「利次郎どの、桂川先生を河股様の長屋に案内するのじゃ。見張り所に立ち寄り、迷うことのないよう弥助どのから長屋の場所を聞き、その足で駒井小路に参られよ」

と書状二通を手にした磐音が利次郎に命じた。

「えっ、それがし、見張り所に立ち寄って宜しいのですか」

「桂川先生はご多忙な身、迷いなく河股どのの裏長屋に案内するために見張り所に立ち寄るのです」

「畏まりました」

「霧子の眼に留まるとよいな」

と磐音が付け足した。

「若先生、おこん様が着付けまで直してくだされたのです。汗臭い稽古着姿のふだんがふだんですから必ず驚きます」

利次郎が張り切った。

磐音は辰平を見て、

「辰平どの、この書状を箱崎屋次郎平様とそなたの実家にな」

「まず室町に立ち寄り、そののちわが実家に参ります」

と辰平が受けた。

「おい、辰平、お杏さんを稲荷小路にお連れしなくてよいのか」

「さような真似ができるか」

「なぜだ」

「父親の次郎平様がお許しになるまい。それになにより明日にはこの小梅村で箱崎屋親子、今津屋、わが実家の父母が対面する場を設《しつら》えられた若先生とおこん様の面目を潰し、礼儀を欠く」

「そうか、礼儀を欠くかのう。筑前博多から長旅をして来られたのだ、少しでもそなたといっしょにいたい、また一日でも早く辰平の実家の両親に挨拶したいと思うのが、お杏さんの正直な気持ちではないかと思うがのう」

「そうであっても明日の対面が終わってからだ」

「ふーん、相変わらず堅いのう。佐々木道場に入門したての頃は、稲荷小路の暴れん坊などと言われておったのはだれだったかのお。その上、湯島界隈でどこぞの娘とちゃらちゃら会うてもいたな」

「昔のことを申すでない。お杏さんの前で利次郎、さようなことを、過ぎ去ったそれがしの恥ずかしい出来事を喋るでないぞ」

「そうかのう、お杏さんとて辰平の昔話を知りたかろうに」

「さようなことは許さぬぞ、利次郎」

「そう言われるとますます口がむずむずする」

「おこん様、こいつの口をなんとかしてください」

辰平がおこんに助けを求めた。

「辰平さん、そう堅く考えないでいいと思うわ。室町の筑前博多屋でお杏さんが退屈しておられる様子ならば、辰平さん、江戸案内をなさい。そのついでに松平邸に立ち寄るのは無作法なことですか、亭主どの」

おこんが話を転じて磐音を見た。

「いかにもさよう、武士たるもの軽挙妄動は慎むべし、などと昔の坂崎磐音ならば痩せ我慢をしたであろうな。じゃが、辰平どのとお杏どのの間には長い付き合いがある。離れ離れになっていたゆえ互いの気持ちを慮り、文のやりとりで気持ちを確かめ合った事実もある。それになにより江戸まで出てこられた気持ちを考えると、次郎平様のお許しさえいただければ松平家にお連れしてもよいのではないか。どうじゃな、おこん」

「あらら、堅物の坂崎磐音様がかような言葉をご披露なさったわ。変われば変わるものね」

「みよ、それがしの気持ちのほうが自然ではないか。辰平、お杏さんの気持ちを察して江戸見物に案内せえ」

おこんと利次郎が言い、辰平も、

「まずは次郎平様のお許しを得たのち、お杏さんをお誘いしてみます。ですが、お疲れの様子ならば遠慮いたします」

と緊張の表情で言うと、おこんが、ふっふっふと声に出して笑い、

「お杏さんも辰平さんに会えば旅の疲れなど吹き飛ぶわ」

と請《う》け合った。

利次郎と辰平は、神原辰之助の櫓《ろ》で隅田川を下った。弥助も霧子もいない小梅村で船頭を自任しているのが辰之助だった。

「二人してまるで別人ですね」

「おこん様が気を遣うて晴れ着を用意してくだされたのだ。辰平は別にして、お

れはいつもの形《なり》でよいのだがな」

「そういう利次郎さんも満更《まんざら》ではない顔付きですよ。きっと霧子さんが驚きますね」

「惚れ直すかのう」

「さあてどうですか。でもこちらはなんとなく反応が想像できる、なにしろ霧子さんのことも利次郎さんのこともとくと承知ですからね。気がかりは辰平さんのほうです。小田様から聞きましたが、博多の箱崎屋は福岡藩黒田家が参勤交代の金子《きんす》を借りるほどの分限者《ぶげんしゃ》だそうではありませんか。お杏さんがどのようなお方か存じませんが、辰平さん、剣術家などには娘はやれぬと親父様が言われたらどうなされますか」

「そこだ、辰平の悩みはな」

利次郎が辰平に代わり返事をした。

「悩むところではございますまい。決断なさるときですよ」

「辰之助、案ずるな。気持ちはもはや固まっておる」

「刀を捨て、箱崎屋に婿入りするんですね」

「そのほうが金には困るまい」

辰之助と利次郎が言い合った。

「二人して勝手な推測はやめてくれぬか」

「どうするのだ、辰平」

ふうっ

と一つ息を吐いた辰平が、

「それがし、剣は捨てられぬ。また尚武館坂崎道場には田沼一党との戦いが待ち受けておる。田沼一党には神保小路以来の数々の恨みもある。それがし、尚武館の、坂崎磐音様の戦いの一翼を担わせてもらう」

「よし、それでこそわが友、松平辰平じゃ」

どこか安堵した表情の利次郎が拳で膝《ひざ》を打った。

「お杏さんのことを忘れられるのですね」

「辰之助、お杏さんと忌憚《きたん》なく話し合うて、それしか方策がないとなれば別れる覚悟はできておる」

いつの間にか猪牙舟は大川の流れに乗って永代橋《えいたいばし》を潜り、日本橋川に入っていこうとしていた。

「勿体《もったい》ない話だけどな」

「勿体ないか」

「辰平さん、剣術家なんて潰しが利きません。江戸には望みも夢もなくした剣術家がいくらもいます。だけど、福岡藩のお目こぼしで異国交易をなしている商人なんて、この江戸にもいません。辰平さんならば、きっと上手にやれます」

「辰之助がそう思うてくれるのは嬉しいが、それがし、武家の次男坊から大店の婿に転じることができるほどの器《うつわ》ではない」

「分かったか、辰之助。われら、でぶ軍鶏と痩せ軍鶏の双六《すごろく》の上がりは剣術家の意地を貫くことだ」

「おやおや、二人して生涯金子には恵まれそうにございませんね」

「当たり前だ。辰之助、それより、おれを鎧《よろい》ノ渡《わた》しで下ろし、そのあと、辰平を日本橋で下ろしたら、またここに戻って参れ。神田川へ回って駒井小路の桂川甫周先生をお迎えに行くからな。帰りは辰平と今津屋で落ち合うゆえ、気にするな」

「分かりました。貧乏剣術家志願のお二方」

辰之助が応じた言葉からは、どことなく安堵したような気持ちが伝わってきた。

辰平が室町の筑前博多屋の店先に立ったとき、もはや大半の泊まり客は御用先や江戸見物に出かけていた。だが、筑前博多屋の土間では男衆が荷ほどきをしている様子で、表まで声が聞こえてきた。その声は博多訛りだった。

「ご免くだされ」

暖簾を分けて筑前博多屋の敷居を跨ぐと、箱崎屋次郎平らに従ってきた男衆三人、手代の正助《しょうすけ》、兼造《けんぞう》、荷運びの市五郎《いちごろう》が、大きな菰《こも》包みを解いていた。そして、板の間では箱崎屋次郎平が荷ほどきを見ていた。かたわらにはもう一人の供の女衆のおかねが控えていたが、そおっと立って博多屋の奥に姿を消した。

「おや、松平辰平様」

「次郎平様、お休みになれましたか」

「筑前博多屋さんが離れ屋をとっておいてくださったのでな、ゆっくりと熟睡いたしました」

「それはようございました。それがし、本日は坂崎磐音の使いにて書状を持参いたしました」

と辰平が差し出し、次郎平が、

「拝見いたしましょう」

と受け取りながら、

「いえね、博多土産《みやげ》をな、前もってうちの船で送ってあったのです。大荷物を持って旅はできませんからな」

とさすがは西国一の分限者、何隻《せき》もの大船を所蔵する箱崎屋ならではの手配だった。その荷が大きな菰包み二つらしい。

次郎平が磬音の書状を披《ひら》いて読み始めたとき、

「辰平様」

と声がしてお杏が姿を見せた。おかねがお杏に知らせたようだった。

「江戸の一夜、お休みになれましたか」

「十分に眠ることができましたので、旅の疲れはすっかりとれました」

「それはよかった」

と辰平が応じた。すると次郎平が、

「お杏、早速坂崎様から小梅村へのお招きの文です。明日じゃそうな。私どものほかに辰平様の父御母御、それに今津屋の吉右衛門様とお内儀《ないぎ》、老分番頭の由蔵さんだそうです。その夜は小梅村に泊まるのもよしと認めてこられた。どうしますね」

「参ります。小梅村に泊まり、朝稽古を見物しとうございます」

お杏が一も二もなく答えた。

「松平辰平様、本日、筑前福岡藩の江戸屋敷に上府の挨拶に参ります。明日のことですが、昼過ぎの小梅村のお誘い、ぜひともお受けいたしとうございますと坂崎様、おこん様にお伝えくださ い」

「畏まりました」

と応じた辰平が、

「若先生から、書状には認めなかったものの、次郎平様にお尋ねするようにとの言付けがございます。もし箱崎屋さんでその場にお呼びになりたいお方があれば、だれなりとご同行の方々を含めてお申し付けくださいとのことでございました」

「ご配慮痛み入ります。そうですな」

としばし沈思した次郎平が、

「二人ほど加えていただきましょうか。坂崎様にただ今返書を認めます。お待ちいただけますか」

「はい」

と応えた辰平が、

「次郎平様、不躾なお願いがございます。これよりそれがし、次郎平様への書状と同じものを実家に届けます。そのあと、こちらに返書を受け取りに戻って参ります。もしお杏さんの都合がよければ江戸見物の案内方を務めとうございますが、そのことお許しいただけましょうか」

「お武家様に江戸案内ですとな。お杏、どうします」

しばし思案したお杏が言い出した。

「お父っつぁん、辰平様と一緒にご実家を訪ねてはなりませんか。辰平様のお母上、お稲様から文を何通も頂戴いたしております。そのお礼をなにより先に申し上げとうございます」

「えっ、母がお杏さんへ文を書き送ったのですか」

辰平は母お稲がお杏と文のやり取りをしているなど努々《ゆめゆめ》考えていなかった。

「辰平様が博多を離れられる折り、江戸のご実家の屋敷を教えてくださいました。私は最初憚《はばか》りつつも辰平様への文をお屋敷に宛てて送っておりましたが、突然お稲様から文を頂戴しました」

「なんと、母がそのような」

「私は薄々感じておりました」

と次郎平が言い、頷いたお杏が、

「そのとき以来、女同士で文をやり取りしてきたのです。ゆえに江戸に着いた折りには真っ先にお礼をと思っておりました」

「迷惑でございますかな、辰平様」

と父親の次郎平が言葉を添えた。

「母がいかばかり喜びましょうか。坂崎先生からもおこん様からも、次郎平様のお許しをいただけるならば、お杏さんをうちへ同道してもよいとの許しを得ております」

ふっふっふふ
と笑った次郎平が、

「まだ荷ほどきが済んでおりませんでな、手土産はまた次の機会に」

と洩らし、

「辰平様、お杏を宜しゅうに」

「お父っつぁん、着替えて参ります」

お杏が筑前博多屋の離れ屋に駆け込んでいった。

辰平は筑前博多屋の帳場で筆と硯《すずり》を借り受け、明日の人数が箱崎屋次郎平の要望で二人増えることをおこんに宛てた文に認めた。そして、筑前博多屋の番頭に、小梅村の尚武館坂崎道場の坂崎こん宛てに届けてくれるよう願った。

「やはり昨日のお方は、神保小路にあった佐々木道場の後継の坂崎磐音様でしたか。佐々木玲圓先生と奥方様は家基様のあとを追われて自害なさり、道場はどなたかの命《めい》でお取り潰しになりました。お城と関わりの深い道場が消えて江戸の人間はひどく落胆したものでしたよ。それが小梅村に再興なったとは聞いておりましたが、箱崎屋さんとお付き合いがあるとは想像もしませんでした。さすがは先の西の丸家基様の剣術指南を務められたお方ですね。宜しゅうございます、男衆に急ぎ届けさせます」

と請け合ったところに、着替えを済ませたお杏が再び姿を見せた。

半刻後、辰平とお杏の姿は湯島天神の境内にあった。

「最初にご実家にお連れくださるかと思っておりました。まさか菅公所縁《かんこうゆかり》の湯島天神とは、辰平様、なにか理由がございますので」

「あります」

辰平は古びた湯島天神のお守り札と二通のお杏からの文を出して、過日起きた失態の一部始終を語り聞かせた。

お杏は言葉を失って辰平の話に耳を傾けていた。胸の底からようやく言葉を吐き出したお杏が、

「私どものんびりと東海道を旅している間に、辰平様にはそのような危難が降りかかっておりましたか」

「それがしが小伝馬町の女牢から助け出されるきっかけとなったのが、この湯島天神のお守りと賽銭箱《さいせんばこ》に落とし込んだお杏さんからの文でした。必ずや若先生方がそれがしを助けに来てくださるものと思うて、恥を忍んで女牢で耐え抜いたのです。ですから、わが家を訪ねる前に、母に会うていただく前に湯島天神にお杏さんを案内し、ともにお礼を言いたかったのです」

「辰平様、二人で菅公にお礼を申し上げましょうか」

二人は拝殿に並んで立つと二拝二拍手一拝をなした。

お杏の最後の一拝は長いものだった。

辰平は、道中の無事を感謝しているのだろうと思った。

お杏がようやく頭を上げ、辰平を見た。

「辰平様、私の文が辰平様のお役に立ったとしたら、これ以上の喜びはございま

せん。辰平様が菅原道真様に所縁の湯島天神と物心ついた頃からご縁があったとは知りませんでした」

と言ってお杏が帯の間からお守り札を出してみせた。

なんと藤原時平の讒言《ざんげん》により大宰権帥《だざいのごんのそち》に左遷され、その地で没した菅原道真が祭神の太宰府天満宮のお守り札だった。

「それがしのお守りも菅公所縁の湯島天神のもの」

「杏の旅のお守りは太宰府天満宮のお札《ふだ》にございます」

辰平はお杏の手にあるお守りに湯島天神の古びたお守りを重ね置くと、さらにもう一つのお守り札を取り出した。

それは辰平が博多滞在を切り上げる折り、お杏が旅の安全を祈願してくれた筥《はこ》崎宮《ざきぐう》のお守りであり、女牢に理不尽にも閉じ込められた辰平の心の支えになったものだ。

辰平は筥崎宮のお守りをお杏の手に載せ、お杏の手を両手で包み込んだ。そして、三つのお守りに支えられて二人の将来があると考えた。

第三章　お稲とお杏

一

稲荷小路の松平邸の門前でお杏は足を止め、大きく息を吐いた。

武家方では表門はふだん閉じられていて、主の登下城、来客の折りだけに開かれる。御小納戸衆の松平家もその習わしだ。

「お杏さん、緊張なされなくともよい。うちは直参旗本御小納戸衆を代々引き継いできただけの家系、そなたが生まれ育った箱崎屋さんとは比べようもない地味な暮らしです。それがしは次男坊ゆえ、生涯部屋住みが運命でした。そんな立場の辰平です、気楽に母と会うてください」

辰平がお杏に言葉をかけた。

門前の気配に門番の老爺の茂三《しげぞう》が通用口から顔を覗かせて、

「おや、辰平様、どうなされました」

と問い、そのかたわらの娘に視線がいって、予期せぬものを見たという表情でしばらく言葉を失くしていた。

「茂三爺、お客様をお連れした。門を開けてくれ」

「はっ、はあ」

と茂三が慌てて首を引っ込め、門《かんぬき》を横にずらす音がして両開きの門が開かれた。

門番所に若党の池田《いけだ》一郎次《いちろうじ》が控えていたが、門を潜ってきた辰平とお杏に視線がいき、

「おっ」

と驚きの声を発した。

「一郎次、母上に伝えてくれぬか」

「はっ、はい。ど、どなた様にございますか」

「筑前博多からのお客人と伝えよ」

「か、畏まりました」

菖蒲革《しょうぶかわ》の袴を穿《は》いた若党の一郎次が門番所から飛び下りると玄関先に走り、奥

に向かって、

「奥方様、た、たいへんですぞ。辰平様がきれいな娘御を連れてこられました
ぞ！」

と叫んで、一瞬しーんとした沈黙が松平家を支配した。

「さっ、お杏さん」

「はい」

辰平の誘いに応えたお杏だが、なかなか玄関前に進む勇気が出ない様子だった。

そのうち、静寂だった屋敷が弾けたように動き出し、松平家の用人角田《かくた》彦兵衛《ひこべえ》
が慌ただしく式台に姿を見せて、歩み来る二人を眺め、ごくりと唾《つば》を飲み込んだ。

そして、

「こ、これは一大事じゃ」

と呟き、

「お、奥方様、た、辰平様が女性《にょしょう》を伴うておられますぞ」

と若党の一郎次と同じ言葉を繰り返した。

「彦兵衛、なにを慌てておられる。辰平もよい歳です。一人くらい女子を連れて
わが家に戻ったとて、騒ぐことではございますまい」

玄関座敷に姿を見せたお稲がぴたりと座り、未だ門前で竦《すく》んでいるお杏に会釈を送ると、

「お杏さん、遠路はるばるようも江戸まで出て参られましたね。この日を稲はどれほど待ち望んでおりましたか。ささっ、こちらにおいでなされませ」

と声をかけると、ようやくお杏が辰平に導かれて式台前に歩み寄った。そして、一礼すると、

「お稲様、箱崎屋の杏でございます。私もお会いしとうございました」

と挨拶し、

「私もです」

お稲の返答に会釈を返したお杏が懸念を伝えた。

「突然の訪い、ご迷惑ではございませんか」

「なんのなんの、私とお杏さんは辰平以上に文を取り交わした仲、初めてお会いする気がいたしません。私は松平家に嫁いで二人の倅は得ましたが、娘を授かることは叶いませんでした。どれほどこのときを待ち望んだことか」

とお稲の声も感涙にむせんでいるようで震えていた。

そんな二人の女を見た辰平が、

「母上とお杏さんがどのような文を交わされてきたのかは存じません。されど母上、さような言葉を玄関先で口になさるのはいささか性急にございましょう。お杏さんも当惑なされます」

辰平は、母のお稲が落ち着いているようでいて、内心上気していることを察した。すると辰平の気持ちがすうっと反対に冷静になって、注意の言葉を吐いていた。

「母上、昨日、あのあとわが家からの帰路、室町の筑前博多屋を訪ねてみるとなんと箱崎屋ご一行が到着なされ、草鞋《わらじ》を脱がれたばかりでございました。それで思いがけず、お杏さんとこの江戸で四年半ぶりの対面が叶うことになったのです」

と嬉しい経緯を説明した。

「おうおう、すでに到着されておりましたか」

「その場でお杏さんの父御の次郎平様と若先生が話し合いをなされ、小梅村に戻ったあと、明日昼下がり八つ時分に小梅村に箱崎屋、今津屋とわが両親を招かれることが決まったのです。そこでそれがしがかくのごとく坂崎家の使者として、招きの書状を持参いたしました」

と辰平が、昨晩磐音が認めた書状を差し出し、

「母上、不都合などとは申されませんよね」

と一応念を押した。

「辰平、安心なされ。この稲、万難を排してお伺いいたしますと、若先生とおこん様にお伝えくだされ」

「父上の都合を聞かずともようございますか」

「喜内どのの城務めはかたちばかりです。もはや半ば隠居、四の五の言わせません」

とお稲が応えたところに門番の茂三の声が響き渡った。

「殿様のお帰り！」

玄関先に新たな緊張が走った。

若党、草履取《ぞうりとり》、馬の口取、侍格二人に槍持、挟箱《はさみばこ》を従えた松平喜内が馬で下城してきた。直参旗本八百七十石の格式だ、金子はないが体面を重んじるのは武士の務めだ。城への登下城の行列も禄高に応じた軍役であった。

「おお、ちょうどよかった。父上もお帰りになった」

と辰平がお杏に知らせた。

お杏の顔に新たな緊張があった。

門前で馬を下りた喜内が手綱《たづな》を口取に預け、つかつかと門を潜りながら、

「わしに四の五の言わせぬとはなんのことか」

「おや、年寄りの遠耳、聞こえましたか」

「そなたの声はよう響くでな」

と応えた喜内の眼差しがお杏に向けられた。

「父上」

「言うな、辰平」

「おや、ご立腹ですか」

とお稲が主に尋ねた。

「だれが腹など立ておる」

と女房に言った喜内の視線が再びお杏に向けられ、

「お杏どの、ようもはるばる江戸へ出て参られたな。辰平にたびたび文をくれる娘御がおることも、辰平が博多滞在の折り世話になったことも、この松平喜内、とくと承知しておる。この喜内からも礼を申す」

と頭を下げた。

「松平様、お顔をお上げください。私は商人の娘にございます。お武家様からお礼を言われることなど何一つなした覚えはございません。辰平様に連れられて突然お屋敷に伺う非礼をお詫びいたすのはこちらにございます」

お杏も応じた。

「お杏どの、畏《おそ》れながらもはや天下は将軍家や大名家が動かしておるのではない。江戸の今津屋やそなたの父の箱崎屋どの方が動かしておられる」

「父上、玄関先でなさる話ではございません」

「辰平、えらく落ち着いておるではないか」

「母上も父上も、お杏さんに会うて興奮しておられるように見受けられます」

「そうか、そうじゃな。稲、われら落ち着かねばなるまいぞ。お杏どの、いつ、江戸に着かれたたな」

と話題を転じた。

「昨日にございます」

とのお杏の言葉を辰平が受けて、最前お稲に説明した経緯をもう一度喜内に告げた。その上で、

「父上、母上、本日再び筑前博多屋を訪ねますと、お杏さんは長の旅の疲れを休

めるためなんの予定もないとのことでした。そこでそれがし、父御の箱崎屋次郎平様にお許しを得て、お杏さんをかようにわが家に案内いたしました」

「辰平、そなたにしては上出来の勇断です」

と応じたお稲が、お杏に視線を向けて、

「ささっ、お杏さん、辰平が生まれ育った家を見ていってください」

と式台に上がらせようとしたが、喜内の和んだ顔に気付いて、

「おまえ様、なんぞ言いたそうな顔付きにございますな」

「辰平め、なかなかしっかりとした目利きではないか。お杏どのは辰平には勿体ないほどの女性じゃぞ」

「うちには娘がおりませんでな、男衆はすぐに若い娘にでれでれとなさる。お杏さんのご気性も賢さもこの稲はとくと承知です」

「父上、母上、本日のそれがしは坂崎家の使いにございます。明日八つの刻限、小梅村においでになれますか」

と辰平が使者の役に立ち戻り、改めて念を押した。

「おまえ様、同席は箱崎屋さんと今津屋さんだそうです」

「そうか、内々の集いじゃな」

「それが父上、次郎平様のお知り合いが二人ほど増えるそうにございます」

「相分かった。坂崎先生にこう申し上げてくれ。松平喜内、謹んでお受けいたすとな」

「辰平、この稲も必ず参りますからね。さあ、話がついたところでお杏さん、お上がりなされ」

お杏が辰平を見た。

「母上、本日はお気持ちだけお受けいたします」

「なぜです、辰平」

とお稲が訝《いぶか》しげな顔をした。

「坂崎磐音様とおこん様が折角《せっかく》明日、顔合わせの場を小梅村に設けてくださるのです。本日、それがしがお杏さんをわが屋敷にお連れすることは若先生にもおこん様にもお許しを得ておりますが、接待を受けよとは言われておりません。ゆえに母上、若先生とおこん様のお気持ちに水をさすような真似をわれら、なしてはなりません」

「ようう言うた、辰平。真にもってそのとおり。稲、老いては子に従えと申す。辰平の言うことが正しいぞ。お杏どの、明日をわれら夫婦楽しみにしており申す」

「松平喜内様、日を改めて父とお屋敷に伺うことにいたします。お稲様、本日は辰平様の江戸案内に従っていることにしてくださいませ」

「辰平ったら、喜内どのの若い頃より一段と堅苦しゅうございますな」

とお稲一人が残念がった。


そんな刻限、重富利次郎は御典医の桂川甫周国瑞の供で、芝二葉町の染物屋阿波屋の家作、染物長屋を訪ねようとしていた。

裏長屋の木戸口に御典医の乗り物が着くことなどない。

薬箱持ちの見習い医師を従えた国瑞が乗り物から下りると、振り売りから野菜を買い求めていた女衆が茫然《ぼうぜん》と国瑞一行を見た。

「なにかの間違いじゃないのかい」

「うちは裏長屋、乗り物が訪ねるようなところじゃないよ」

と女たちが口々に利次郎に言った。

「染物長屋とはこちらじゃな」

案内方の利次郎が女衆に訊いた。

「へっ、へえ」

「河股新三郎どのの長屋がどこか、教えてくれぬか」

一人の女房が黙って一番奥を指した。

染物長屋の名は、長屋の敷地の奥に藍染めが干してあることからそう呼ばれているのだろう。そんな藍染めの反物《たんもの》が風になびく長屋の一番奥が老武芸者河股新三郎の住まいだった。

「寝ておられるのか」

「二日前に帰ってきてから、床に就いたままだよ」

「飯も食しておられぬのか」

「いえ、阿波屋の昔の店子《たなこ》というんでね、あたしたちが交替で三度三度の飯は作っているがよ、あまり食べないんだ。少し具合がいいと煙草《たばこ》を喫《す》っちゃ、気持ちの悪い咳《せき》をしているんだよ」

と利次郎に応じた女が、

「このお方は医者様じゃな」

「御典医桂川甫周国瑞先生だ」

「えっ、あの年寄り、御典医と知り合いか」

「まあ、そういうことだ」

と国瑞が応じて、

「利次郎どの、そなたはここで待ちなされ。私とこの者が河股どのを診察しよう」

見習い医師が国瑞に黒布を差し出し、見習い医師ともども口を覆った。そして、どぶ板を踏んで染物長屋の奥に入っていった。

国瑞と見習い医師が再び利次郎の前に姿を見せたのは、四半刻後だ。

二人は井戸端で丁寧に手を洗い、口を塞いでいた黒布をとって、うがいをした。

最前の女たちと大家らしい年寄りが、利次郎とともに木戸口で二人の医師を待ち受けていた。

「ご苦労に存じました。いかがでございましたか」

「決してよいとは言えますまい」

とだけ利次郎に答えた国瑞が、

「女衆に頼みがござる」

と言うと、薬箱持ちの見習い医師が小袋に分けた包みを女の一人に差し出した。

「三合の水で煎《せん》じてくれぬか。一合半に煎じ減ったところで茶滓《ちゃこ》しでな、かすを取り除き、その煎じ薬を一日に二度に分けて飲ませてくれぬか。当人にも、くれぐれもこの煎じ薬を欠かさぬよう言うてきた」

「先生よ、この煎じ薬を飲めば治るのかね」

と大家らしき年寄りが訊いた。

「いや、もはやあそこまで進んだ病は、どのような名医でも手の施しようがあるまい。この煎じ薬は、一時《いっとき》元気になる滋養強壮の漢方薬じゃ。薬がなくなったとなれば、田安《たやす》御門北側、駒井小路の桂川甫周の屋敷に使いをくれぬか。薬を渡す」

「へえ、承知しました」

と大家が応じて、

「桂川先生、だれがこの治療代、薬代を払うのかね」

「案ずるな、そなたらに請求はせぬ。ただ煎じ薬を毎日飲ませることを忘れないでくれ」

「へえ、家主の阿波屋の番頭からもなんとか面倒を見てくれと頼まれているんだ。煎じ薬くらい忘れずにやりますよ」

と応じた大家が、

「一時だけ元気になって、あの河股様はなにをしようというのだね」

「はてな、それは医者の私には分からぬ」

と応えた国瑞は待たせていた乗り物に乗った。

陸尺《ろくしゃく》が肩に棒を置き、薬箱持ちの見習い医師と案内方の利次郎を従えて静々と駒井小路に戻っていった。


辰平は、室町の筑前博多屋にお杏を連れ戻ると、

「お杏さん、本日はこれにて失礼いたします」

と告げた。お杏が名残り惜しそうな顔をしていたが、磐音やおこんが明日の仕度のために働いていることを考えると、独りだけお杏の応対をしているわけにはいかなかった。

「松平様、お遣い立てして申し訳ございませんが、この返書を坂崎様にお渡しくだされ」

と次郎平が願い、辰平は返書を受け取った。それは箱崎屋の希望で増えた二人の身許《みもと》を記した文であろうと辰平は勝手に推量した。さらに次郎平が、

「ついでと申しては恐縮ですが、今津屋さんに言付けができましょうか」

と願った。

「むろんです、どのみち今津屋に立ち寄るつもりでした」

次郎平の言付けを聞いた辰平は今津屋へ向かった。歩きながら、

（お杏さんに茶の一杯も馳走《ちそう》しなかったな）

と己の気遣いの足りなさを悔いたが、

「明日が大事」

とそれだけを考えて今津屋の暖簾を潜った。

二

混雑する今津屋の上がりかまちに腰を下ろした利次郎が茶を喫していた。

帳場格子の中には老分の由蔵の姿はなかった。近頃今津屋の三番手の番頭に昇進した新三郎《しんざぶろう》が代役を務めていた。

辰平は忙しそうに応対する新三郎ら奉公人に会釈し、

「利次郎、河股様のお加減はいかがであった」

と尋ねた。

「桂川先生ももはや治る見込みはないと言うておられた。ともかく滋養強壮の漢

方薬を飲ませるくらいしか手はないそうじゃ」

「それほど病は進んでおったか」

「あれでは若先生と立ち合うどころではないな」

「そのことは若先生が考えられることだ」

と辰平が応じたところに由蔵が姿を見せ、

「お待たせ申しました。おや、辰平様もお着きでしたか」

「こちらを待ち合わせの場所に使うたようで、お許しください」

「そのようなことはどうでもようございますよ。それより箱崎屋次郎平様方はお元気でしょうな」

「本日一日、旅の疲れを取るため、体を休めるそうです。老分どの、次郎平様から言付かってきました。明日四つ（午前十時）過ぎにご挨拶に伺いたいとのことです。都合が悪い場合は他日にするとのことでした」

「ただ今奥に伺って参りますでな、暫時《ざんじ》お待ちを」

由蔵が奥へ姿を消した。

博多の箱崎屋と今津屋は昔から商売の上で関わりがあった。小梅村訪問を前に、大事な取引先に上府の挨拶だろう。由蔵が足早に戻ってきて、

「旦那《だんな》様はお待ちするとのことです」

「ならばそれがし、いま一度室町に立ち戻り、吉右衛門様の返事を次郎平様に伝えてきます」

「辰平様、小梅村に向かったほうがよかろうと思います。おこんさん方は明日の仕度にてんてこまいでしょうからな。室町にはうちから使いを立てます。そう手配してくだされ、新三郎」

由蔵が言付けの次第を新三郎に命じて、三人はその足で今津屋を出た。

柳橋の船宿川清には、小吉が船頭の猪牙舟だけが待ち受けていた。

猪牙舟には四斗樽《しとだる》やら野菜やらあれこれと荷が積んであった。今津屋からの届け物だろう。お佐紀が、小梅村で急に催されることになった集いを気にかけて手配した品々と思えた。

由蔵ら三人は船宿には立ち寄らず、その足で船着場に下りた。

「小吉さん、小梅村まで頼みますよ」

と由蔵が言うのへ、

「お待ちしておりました」

と小吉が応え、猪牙舟を棹《さお》で船着場に固定して、由蔵らが乗り込むのを助けた。

由蔵が胴《どう》の間《ま》に座したのを見て、利次郎が舫《もや》い綱を解き、辰平と利次郎が乗り込んだとき、

「お客様、ただ今船が出払っております。もうしばらくお待ちくださいまし」

川清の女将《おかみ》お蝶《ちょう》の声が船着場まで響いてきた。

棹を使って流れに乗せようとした小吉が猪牙舟をいったん止めて、船宿を見上げた。すると派手な柄の羽織を着た男が用人風の武家を案内して姿を見せ、

「ささっ、ご用人様、ただ今あの舟を都合しますでお乗り込みを」

と乱暴にも願った。江戸言葉を使っていたが在所の訛りが混じっていた。男はお蝶の手を摑んでいた。

「親分、客が乗っておるではないか」

「いえいえ、すぐにも話をつけますで、ちょいとお待ちを」

と願うと、

「野郎ども、あの猪牙を池本《いけもと》様に都合しねえ」

と派手な羽織の親分が暖簾の向こうに命じた。

へえっ、という声がして子分が三人飛び出してきて、そのあとに用心棒侍二人が従って船着場に下りてきた。

「おい、船頭、猪牙を戻せ」

長脇差《ながわきざし》の柄《つか》に手をかけた馬面《うまづら》の子分が船着場に駆け下りてきて小吉に命じた。

「お客人、物事には順序ってものがあらあ。こちらにはすでにお客様が乗ってよ、流れに出ている。ご存じねえようだから言いますがね、在所とは違い江戸ではそんな無鉄砲は通じませんぜ。神田川の水で、その馬面洗って出直しなせえ」

むかっ腹を立てたか、小吉が言い放った。

「船頭、われはわすどもを田舎《いなか》者扱いしやがったな、馬面とぬかしたな。よし、これ以上、四の五のぬかすと、女将の面を張り飛ばして、船宿に火を付けるぞ。大人しく猪牙を戻せ」

「驚いたね、柳橋に野州《やしゅう》訛りの半端もんが現れやがったぜ。付け火は獄門ってのを承知か。おめえさんたち、何者だ」

「てめえ、野州の半端もんと言いやがったな」

「ああ、馬面とも言ったが、違うかえ。もう一度繰り返すかえ」

「亀《かめ》、構うこっちゃねえべ、女将をここに引きずり出してきやがれ」

親分が河岸道にいた子分に命じ、亀と呼ばれた子分がお蝶のもとへ走り戻ろうとした。

「親分さん、ちょいとお待ちを。どうやらお急ぎのようですね。事と次第によっちゃ舟をお譲りしないではございません。小吉さん、猪牙をいったん船着場に戻してくださいい」

由蔵が魂胆ありげな顔と大人しい口調で言うと、小吉が心得顔で、

「老分さん、そんな気遣いは無駄だと思いますがね。こいつら、吉原に急いだところで昼見世は終わってまさあ。指咥《くわ》えて六つ過ぎまで仲之町《なかのちょう》でさ、ばか面下げて待つことになるんですからね」

小吉が好き放題なことを言いながら、猪牙舟を再び船着場に着けた。

利次郎が心得て舫い綱を手に船着場に飛んだ。辰平はいつでも動けるように備えの棹に手をかけた。

無役の小普請組《こぶしんぐみ》がもう何代も続いているといった顔付きの池本用人と親分が船着場に下りてきた。下級旗本か御家人の奉公人だろう。

だが、由蔵に猪牙舟を下りる様子はない。女将のお蝶の身を慮って船着場に猪牙舟を戻したのだ。

「荷なんぞ積んでやがる。川に叩き込め」

「こりゃまた乱暴なことで」

由蔵はあくまで落ち着いている。

「おめえ、さっさと下りな」

苛立《いらだ》った親分が由蔵に命じた。

「親分さん、在所はまことに野州でございますかな」

由蔵が煙草入れから煙管《きせる》を抜き出し、煙草を喫う様子を見せた。

「てめえ、ふざけやがって。荷ごと川ん中に叩き込むべえか」

「おや、べえべえ弁が出てお里が知れましたな。親分さん、面白うございますな。長いこと神田川の流れを見てきましたが、この由蔵、未だ流れで泳いだことはございません」

澄ました顔で言い放った由蔵が煙管に刻みを詰めた。

親分が子分になにか言いかける機先を制した由蔵が、

「ご用人様、屋敷の内所が苦しいというので、田舎やくざに博奕《ばくち》場をやらせ、上がりを頂戴しようという魂胆ですか。主様は承知なんでございましょうね。当節、旗本御家人屋敷での賭場《とば》開帳にはお上も厳しく眼を光らせておられますでな、こりゃ、考えものですよ。代々の御家を潰すことになりかねませんからね」

「おまえは何者だ」

と用人が問い質した。

「おたく様の顔に覚えはない。ということは、うちとは縁がない」

「うちとはどこだ」

「用人さんよ、江戸六百余軒の両替商を束ねる両替屋行司《ぎょうじ》、今津屋を仕切る老分番頭さんだ」

と小吉が口を挟んだ。

由蔵も小吉も長年の付き合い、それに辰平と利次郎が一緒にいるので、とんとんと流れるように息が合って話が展開し、あくまで強気だ。

「い、今津屋の大番頭か」

用人が息を呑《の》んだ。

「お店の名は承知かえ、用人さんよ」

「甚吉《じんきち》親分、またにいたそう」

用人の腰が突然引けた。

「この期《ご》におよんで冗談言われちゃ、こちとらが困る。もうすでに手付金は打ってあるんだ。おめえさんが吉原の女郎と懇《ねんご》ろになりたいというから、こうして柳橋まで出てきたんだ。今津屋がどんなお店か知らねえがよ、先生方、野郎ども、舟からそいつらを引きずり下ろして流れに叩き込め」

甚吉親分が命じた。

「おおっ」

最初に船着場に下りてきた馬面の子分が長脇差を抜きながら、猪牙舟に飛び乗ろうとした。すると小吉が棹ですいっと杭《くい》を突いて猪牙舟を流れに戻したので、

「ああっ」

と悲鳴を上げながら馬面が水に落ちた。

その騒ぎに、柳橋界隈の船宿から客や奉公人や往来の人々が見物に集まってきた。

「やりやがったな！」

残った二人の子分が舫い綱を手にした利次郎に襲いかかろうとした。

猪牙舟から窺っていた辰平が棹を持ち上げて、利次郎に殺到する子分の胸や腹を横手から突いた。両足を上げた子分二人が船着場の虚空に舞い、背中から、
どすん
と音を立てて続けざまに落ちた。

「せ、先生方」

甚吉親分が用心棒を急かせた。

利次郎は船着場の床に転がる子分の手から飛んだ長脇差を手にとり、びゅんびゅんと片手で振って、

「長脇差もいろいろあるが、辰平、こいつは野鍛冶《のかじ》が拵《こしら》えたなまくら丸だぞ」

と言いながら、構えに入る用心棒を見た。

「よしゃあいいのに」

小吉が呟いた。

「なんだと」

「この若侍がどこのだれか知ってのことかえ、浪人さんよ」

「船頭、虚仮威《こけおど》しなどには乗らぬ」

「ふーん。この二人、直心影流尚武館坂崎道場の関羽《かんう》と張飛《ちょうひ》だぜ。師匠は先の西の丸徳川家基様の剣術指南、ただ今は御三家紀伊《きい》藩江戸藩邸の剣術指南の坂崎磐音様だ」

「な、なんだと」

「小吉さん、利次郎は近頃豊後関前藩の剣術指南役に就きました。この際です、柳橋界隈で名を売ってください」

「えっ、利次郎さんも剣術指南か。で、辰平さんはなんぞ話がないのかえ」

「ございませんな」

猪牙舟の中から辰平がのんびりした声で応えた。

「相手が悪い。やめた」

「おれもやめた。命あっての物種だ」

二人の用心棒が言い合い、川清の船着場から逃げ出した。

「先生方、銭を置いていけ」

甚吉親分が叫んだが、後の祭りだ。

「親分、さらばじゃ」

池本用人も逃げ出した。

「どうする、甚吉親分よ」

小吉が睨み、甚吉が逃げ腰になった。

「逃げるんなら子分もさ、連れてってくれよな」

馬面が濡れ鼠《ねずみ》になって船着場に這い上がると、

「亀、磯次《いそじ》、逃げるべえ」

と呼びかけて一場の茶番劇は終わった。

「老分さん、申し訳ございません。飛び込みの分からずやの騒ぎに巻き込んでしまって」

とお蝶が由蔵に詫びて、

「お蝶さん、私は、ただ胴の間に座っていただけで、働いたのは辰平さんと利次郎さんですよ」

「小吉のやつが焚《た》きつけるからですよ」

「だってよ、女将さんが殴られでもしたらと思ってよ、舟を戻したんだぜ。その言われ方はないよな」

小吉がぼやいた。

利次郎が舫い綱を握って改めて猪牙舟に乗り込み、お蝶がかたちばかり舟べりを流れに押し戻して、神田川から大川へと出ていった。

「利次郎さん、本日は大人しゅうございましたな。さすがに豊後関前藩の剣術指南方ともなると、軽々しく動けませんか」

「いえ、相手が相手です。辰平で十分です」

「辰平で十分とはどういうことだ」

「そなた、博多以来、何年かぶりでお杏さんと会うて気が高ぶっておろう。少しばかり無駄な力を抜く場を作ってやったのだ。そうだ、本日もお杏さんと会うたのだったな。話はできたのか」

利次郎の問いに辰平はしばし間をおいて、

「会うた」

「ふーん、会うただけか。相手の親父様は西国一の大商人の九代目というではないか。お杏さんを厳しく見張っておられるのか」

「いや、さようなお方ではない」

「お杏さんと二人だけにしてくれぬだろうが」

「どうしてそう思う」

「娘の父親というもの、押しなべて娘の相手には厳しいというぞ。うちは承知のように霧子は天涯孤独だ。そのようなことはだれも言わぬがな。その分、霧子が厳しい」

「さようなことを口にするでない」

「おれが案じておるのに説教か」

二人の会話に由蔵と小吉が微笑ましくも耳を傾けていた。この二人は身内のような間柄だ。なにを話しても、断りもなしに他人に伝えるような心配はない。

「利次郎、お杏さんをうちの屋敷に案内した」

ぽつり、と辰平が言った。

「なにっ、西国一の大商人が許されたのか」

小吉の漕ぐ猪牙舟はいつもよりゆったりと大川を漕ぎ上がっていた。

「次郎平様にお断りし、お杏さんを江戸案内するつもりだったが、その前に実家に書状を届ける要もあり、二人の足が自然に稲荷小路に向いていたのだ」

辰平は湯島天神を真っ先に訪ねたことは二人だけの内緒ごとと考えていた。ゆえに実家の両親にも話していなかった。

「いきなりではお袋様が驚いたであろう」

「それがさほどでもなかった。お杏さんと母上はそれがしとの間以上に文を交わして、お互いを承知していたというのだ」

「なんと、女は油断がならぬな」

利次郎の反応に由蔵が堪《たま》らず吹き出した。

「老分どの、このことどう思われますな」

「大変結構なことでございますよ」

「利次郎、ちょうど父上が下城なされてきてな、お杏さんと玄関先で会う羽目に陥った」

「なんと、喜内様とも会われたか。となるとそなたの身内でお杏さんが会うておらぬのは兄者の寅之助様だけか」

「御小納戸見習いの兄はわれらが姥捨の郷にある折り、なぜか大坂城代に命じられた下野《しもつけ》宇都宮《うつのみや》藩主戸田《とだ》因幡守忠寛《いなばのかみただとお》様の家臣の一員となり、大坂に赴任しておる。そなたも知ってのとおり、兄者の寅之助とは正直反《そ》りが合わぬ。兄は算盤上手《そろばんじょうず》で口が達者だ。父上はそのへんを戸田様の用人だかに買われたと言うておられた。幕臣の跡継ぎが大名家の家臣として大坂に赴任したにはそれなりの打算があってのことと思う。それがし、兄だけにはお杏さんを会わせとうない」

「なぜだ」

「さあてな。ともあれ父も母もそれがしに兄の近況を全く伝えなかったのだ。ゆえにそれがしもつい最近まで知らなんだ」

辰平は口を濁した。

由蔵は、辰平の口から松平家の内情を聞くのは初めてのことだった。

「辰平様、なにがあっても坂崎磐音様にお任せなさることです。磐音様はそなたの実兄より兄たるべき人であり、師でございますでな」

「老分どの、承知しております」

辰平の言葉に由蔵が頷き、しばし船を沈黙が支配した。

「弥助様と霧子は苦労しておる」

ぽつりと利次郎が言った。

「あのお方、北八丁堀の屋敷に潜んでおられるかどうか掴めぬのか」

辰平が小声で訊いた。

「ああ、出入りだけを見張ってもなかなか掴めぬようだ。屋敷内に忍び込むことを考えておるが、若先生がお許しにならぬ」

「慌ててはならぬと考えておられるのだ」

利次郎の首肯《しゆこう》でその話は終わった。

「それがし、弥助様や霧子に申し訳なく思うておる」

「明日のことか」

「そうだ」

「それはそれ、これはこれだ。われら、その折りは一命を賭して戦う覚悟はできているのだからな」

利次郎の言葉に辰平が長い沈黙で応え、

「それがしには決着のつけ方が想像もできぬ」

と呟いた。

「おれもだ。若先生の判断に従い、戦うのみだ」

「分かっておる」

由蔵は二人の若武者の頭の中に霧子とお杏のことが浮かんでいると、勝手に推量していた。

猪牙舟は隅田川から小梅村の尚武館船着場のある堀留へとゆっくり入っていった。すると季助《きすけ》と小田平助が尚武館の門を清めているのが見えてきた。明日の客を迎えるための仕度だった。

「よし、われらも働くぞ」

利次郎が舫い綱を手に立ち上がった。

三

本材木町の木戸番小屋を、南町奉行所定廻り《じょうまわ》り同心の木下一郎太が小者《こもの》も伴わずふらりと訪ねたのは、この日の夕暮れ前だった。

晩春のことだ。日本橋川、楓川《もみじがわ》と水に囲まれた一帯に爽やかな風が吹いていた。

「一郎太の旦那」

と表の腰高障子《こしだかしょうじ》を閉めていた番太の一造《いちぞう》が一郎太を迎えた。

番小屋の後ろから魚を焼く匂いが漂ってきた。

若い頃、一造は屋根職だったが、普請場で肩に瓦《かわら》を十枚ほど担いで梯子《はしご》を上がっているとき、不意に襲ってきた突風に煽《あお》られ、梯子ごと地面に叩きつけられて大怪我を負った。

怪我の回復には年余の日にちを要した。だが、どうにも腰がよくならず、歩くのも杖《つえ》を頼りにするしかなかった。ために屋根へと上り下りする普請場仕事には戻れなかった。

一造の普請場の親方が一郎太の父三郎助《さぶろうすけ》と顔見知りだった。その親方から弟子の奇禍《きか》を聞かされた三郎助が本材木町の木戸番に空きがあることを知り、町役人に口利きして、番太に転じさせたのだ。

番太は番太郎とも呼ばれ、町内から給金が支払われた。だが、雀《すずめ》の涙ほどで暮らしは成り立たない。駄菓子、蠟燭《ろうそく》、糊《のり》、箒《ほうき》、鼻紙、冷や飯草履、草鞋などを売る副業が黙認されていた。さらに時代が下るにつれて木戸番の番太の株が売り買いされるようになる。

本材木町の木戸番のいいところは、独り者の一造が寝泊まりしていい三畳の部屋と小さな台所が付いていることだ。

一造は番太の御用を勤めながら、子供相手にお定まりの駄菓子のほかに夏は金魚、冬には焼芋を売り、時に竹細工の笛や竹とんぼなどを造って暮らしてきた。親父の三郎助の代からだから、両者の付き合いはかれこれ二十余年になる。そんな木下三郎助の倅から、

「御用の筋だ、二人ばかり番小屋に置かせてくれないか。まあ、そう長いことではあるまい」

と頼まれたとき、一造は一も二もなく承知した。

だが、やってきた二人のうち、一人が若い娘とは一造も想像してはいなかった。

「一郎太の旦那、驚いたな。奉行所は女の下っ引きを使っておられるんだ。こんな狭い番小屋に娘と寝泊まりできるかね」

と思わず言葉を発していた。

「一造、霧子だがな、並みの女じゃねえぜ。手出ししてみな、反対に楓川に叩き込まれるぜ」

「そんなことは思ってもいねえよ」

弥助と霧子が奉行所の関わりの者という一造の勘違いは、そのまま利用することにした。

「一造さん、迷惑はかけません。なんでも手伝いますから宜しくお願いします」

と霧子に頭を下げられた一造は、

「こっちこそな」

と一郎太から釘《くぎ》を刺されたにも拘《かかわ》らず、久しぶりに胸の高鳴りを覚えた。木戸番小屋に若い女が立ち寄ることなど、まず滅多にない暮らしだ。

「だれだえ、番小屋の後ろで魚を焼いているのはよ」

「霧子さんが夕飯の菜の鰯《いわし》を焼いているんだよ。おれ、二人が来てくれてよ、大助かりだ」

「一造、おめえの助っ人に、二人をここに住み込ませたんじゃねえぜ」

「それは承知之助だ。だがよ、一郎太の旦那、水臭いな」

「なにが水臭いんだ」

「あの二人、奉行所の下っ引きじゃないよな」

「どうしてそんなことが言える」

「弥助さんと霧子さんが気にかけているのは町屋じゃねえや。陸奥国の大名家の屋敷じゃねえか。白河藩北八丁堀の江戸屋敷を見張るには、番小屋の表より裏のほうが万事都合がいいもんな。あの二人の注意は表より裏だもの、すぐ分かるよ」

「おれたちの務めはたしかに町衆相手だ。だが、武家、寺社との繋がりの探索もある。一造、ここは黙って見逃しておきねえ」

「そこが水臭いというんだよ、一郎太の旦那」

「最前から水臭い水臭いと繰り返して、なんぞ魂胆があるのか」

「一郎太の旦那、松平定信様が藩主に就かれたのは去年の十月のことだ。もっとも先代の定邦様は早くから実権を定信様に譲られていたがな。また北八丁堀に白河藩が屋敷を構えられたのは、おれが番太になったあとのことだよ」

「それがどうした」

「ここいらはおれの棲《す》み処《か》だ。表は知らないが裏はすべてお見通しだ」

「なにが言いたい」

「中間《ちゆうげん》小者に飲み仲間が何人もいるってことよ。酔っぱらってよ、締め出されたときにこの小屋に寝泊まりしていく野郎だっていないわけじゃねえ。一郎太の旦那があそこによ、用があるんなら、おれに尋ねればいいことだ」

「ふーん」

「鼻で笑ったね」

「笑ったんじゃねえ。おれの間抜けさ加減に驚いたところよ」

と一郎太が言うところに霧子が、

「鰯が焼けましたよ」

と番小屋の裏口から入ってきて、

「あら、木下様がお見えになっていたんですね」

といささか慌てた表情を見せた。なんだか番小屋に落ち着いた様子の霧子だった。

「霧子さん、すっかり一造の番小屋に居着いたようだね。弥助さんはどちらへ」

「はい、ちょいと御用に」

松平邸に出入りの者を尾行でもしているのか、霧子はそう言った。そこへ額に汗を光らせた弥助が戻ってきた。

「弥助さん、ご苦労だね」

「いえ」

と弥助が一郎太を見た。

「二人してここに来ねえな」

一郎太が弥助と霧子を駄菓子なんぞ並べてある板の間に呼んだ。

「なあに、おめえさん方の身許がさ、奉行所の関わりの者じゃねえと一造が言うんでね。一造が、腹を割れ、水臭いじゃないかと言いやがる。どうしたものかね」

一郎太の言葉に苦笑いした弥助が、

「わっしらが見ているのは堀の向こう側だ。一造さんが訝しゅう思っても当然ですよ、木下様」

「それも、白河の江戸屋敷とも承知してやがる」

「ふっふっふ」

と弥助が苦笑いし、

「これ以上、八丁堀に迷惑をかけられませんかね」

「そうではないが、一造が白河藩の中間小者と飲み仲間だと言いだしてね」

一郎太が一造が言ったことを弥助と霧子に話して聞かせた。

「若先生から屋敷に忍び込むお許しが出そうにないのでね、正直申して無断でわっしが忍び込もうかと考えていたところですよ」

「若先生の命に反してはならぬ、弥助さん」

「へえ、木下様」

「ここは一造を信じて打ち明けようか」

「木下様のご判断にお任せします」

弥助の言葉を聞いた一郎太が、

「一造、いかにもこの二人は南町奉行所の下っ引きでも密偵でもない」

「そうでやしょうね。数年前まで神保小路にあった尚武館佐々木道場、ただ今では小梅村にある尚武館坂崎道場の坂崎磐音様が、このお二人の主だろ」

と一造が応じた。

「なに、二人の身許も承知か」

「木戸番小屋の馴染みは一郎太の旦那ばかりじゃねえよ。駄菓子を買う子供に混じって読売屋なんぞもちょくちょく顔を見せますんでね。その一人がさ、霧子さんを見てさ、『おや、あの娘、小梅村から本材木町に引っ越しか、なにかあるな』とさ、教えてくれたんだよ。ああ、この読売屋には口止めしてあらあ」

「木下様、お手上げだ」

と弥助が苦笑いした。

「坂崎磐音様は先の西の丸家基様の剣術指南だったよな。家基様が亡くなられたときによ、佐々木玲圓様とお内儀様は追い腹切って亡くなられた。家基様がだれの手で殺されたか、佐々木玲圓様とお内儀様がなぜ殉死なされたか、そしてよ、神保小路の道場がだれによって潰されたか、江戸じゅうが知っていることだよ。おりゃさ、小梅村に尚武館が再興されたと聞いてよ、なんだか、急に胸ん中が熱くなったもんだぜ」

一造の言葉を聞いた弥助が、

「一造さん、すまなかった。このとおり詫びる」

と頭を下げると、霧子も師に倣った。

「弥助さん、霧子さん、別におりゃ、なんとも思っちゃいねえ。番太なんてのは人のうちに入らない落ちこぼれだ。なんだか、急に身内が二人できたようで楽しかったぜ」

「まだ終わったわけじゃねえぜ、一造」

「だからよ、一郎太の旦那、おれはなにをすればいい」

一郎太が弥助を見た。

「わっしらは、なにも松平定信様の家中を探っているわけではないんでございますよ。新番士佐野善左衛門政言様とおっしゃる旗本があの藩邸に匿われているんじゃないかと思ってね。それを確かめようとしているだけなんでさ」

「一造、これ以上のことは曰くがあってな、弥助さんも話すことはできねえ。おまえが最前喋った神保小路以来のことが関わっているとだけ付け足しておこうか」

「一郎太の旦那、ようもこんなおれに話してくれたたな」

と言った一造が、

「弥助さん、鰯の塩焼きでさ、一郎太の旦那と酒を飲んでいてくれませんかね。おれが飲み仲間の集まる酒屋にちょいと面を出してこよう」

と上がりかまちへと這っていき、杖を手に立ち上がった。

「一造さん、この界隈の煮売り酒屋は大方《おおかた》訪ねたが、あちらの屋敷に関わりのある奉公人はだれも見付けられなかった」

「松平様の屋敷は近頃ぴりぴりしていなさるのさ。だから、二本差しの侍はもとより中間小者も、この界隈で飲むなんてことはねえ。だがね、どんなときでも賭場は開かれ、隠れ女郎のいる遊び場はどこかにあるもんでね」

「一造、おれも知らぬところか」

「旦那方は闇をすべて承知の顔をしておられますがね、承知なのは半分だけだね」

と一造が笑った。

「一造さん、大して入ってねえがね、飲み代だ」

弥助が巾着《きんちゃく》を投げるのを、一造が片手で器用に受け取り、

「おっ、こいつは豪儀だ」

と重さで中身を推し量って言った。

「無理をしちゃなりませんぜ。今晩でかたをつけようなんて考えないことだ」

「弥助さん、合点承知之助だ」

一造が杖にすがって番小屋から姿を消し、しばし沈黙が三人の間にあった。沈黙を破ったのは一郎太だ。

「世間は回り持ちってのはたしかですね。私の親父が一造の身の振り方を考えてくれたことが、二十年後に回り回って倅の私にきた」

「そのおこぼれをわっしらが頂戴しています」

「それもこれも坂崎磐音という稀代の剣客がいてのことです」

「そういうことで」

「木下様、師匠、一造さんのお酒を頂戴しますか」

と霧子が焼いた鰯を皿に取り分け、大根おろしを添えて、貧乏徳利《どっくり》と茶碗《ちゃわん》を二つ出した。

「八丁堀で産湯《うぶゆ》を使ったが、未だ番太の酒をかすめたことはない。だが、今日ばかりは馳走になろうか」

霧子が貧乏徳利から酒を茶碗に注ぎ分けた。

「美味い。番太郎ってのは、こんな上酒が飲めるのか」

「いえ、師匠が購《あがな》われた酒です」

と霧子が笑った。

「師匠、二葉町のほうはどうでございました」

「おお、労咳の剣術家の様子を見に行っていたのですか」

霧子の問いに一郎太が応えていた。河股新三郎が小梅村の尚武館道場を訪ねてきた経緯は、一郎太も二人から聞いて承知していた。

「桂川先生の調薬の漢方薬が効いたか、幾分落ち着いた様子にございますな」

「そいつはよかった、と言っていいんですかね。元気になれば坂崎さんに立ち合いを求める魂胆でしょう」

「まあ、そういうことでさ」

と弥助が言い、

「剣術家の執念とは度し難いな。天徳寺門前にあった長沼道場なんて、私は覚えてないな。尚武館とはなんの関わりもないはずでしょう」

一郎太が首を捻った。

「佐々木玲圓様と長沼活然斎様は同じ直心影流ゆえ知り合いでしょうが、肱砕きが得意技で破門になった河股新三郎様は、ただ今の尚武館坂崎道場にはなんの曰くも因縁もございませんや」

「坂崎さんは、どうなさるおつもりかのう」

「若先生のお考え次第です」

と霧子が応え、

「師匠、これまでの経緯を小梅村に知らせて参りますか」

「ならば霧子、そなた、先に鰯で飯を食していけ」

と弥助が言うと、

「いえ、まず小梅村に走ります。木下様、失礼いたします」

と霧子が立ち上がった。

おこんは、ようやく明日の接待料理の思案がついたところだった。

鯛のお造りに、初鰹を使った霜降り鰹を主菜にして、一口茄子《なす》の南蛮煮《なんばんに》、小松菜のおひたし、蛤《はまぐり》の澄まし汁、香の物に筍《たけのこ》ご飯と献立をあらかじめ決めた。だが、本式に献立が決まるのは明日、どのような旬の魚が手に入るかによって変えることもあり得る。それがおこん流の料理法だった。

「おこんさん、決まりましたかな」

磐音と酒を酌み交わしていた由蔵が、おこんが筆をとったのを見て訊いた。

今津屋で客寄せがあるとき、おこんは旬のものを中心に据えて献立を考え、亡くなったお艶《えん》や後添いのお佐紀に相談した上で、その日の朝早くに魚河岸に買い物に出かけた。

「決まりました」

「ならば明日の楽しみにしましょうかな。おこんさんが腕を振るう料理はなかなかのものですからな」

おこんは今津屋に奉公に出た当初から、お艶に女ひととおりのことを教え込ま

れ、

「食べ物は時に贅沢《ぜいたく》することも大事です。よいですね、おこん、美味しい料理は旬の新鮮な材料と丁寧な下拵《したごしら》えが肝心です」

と手解《てほど》きを受けた。

「明日、魚河岸に参られますな」

「そうしようと考えております」

「おこんさん、女主抜きではこの小梅村が回りますまい。うちの者に魚河岸に行かせ、こちらに届けさせます」

「そのようなことができましょうか」

「博多の箱崎屋さんの接待はまずうちでするのが筋です。それを、こたびは辰平様とお杏さんのことがございますでな、こちらに集いの場が変わりました。旦那様もお内儀様も、うちでやれることはすべて手助けしなされと言うておられました。明日、台所の分かる女衆を三人こちらに来させます」

「助かります」

「魚はなにを求めますかな」

「鯛と鰹を願います。椀《わん》にいたしますので蛤も少々願います」

「承知しました。鯛は人数分ですかな」

「いえ、お造りと筍ご飯に添える鯛です、人数分は要りません」

「おこん、箱崎屋さん親子と二人の客分、松平家が喜内様にお稲様の二人、いや、辰平どのを加えるで三人か。今津屋さんが吉右衛門様とお佐紀様に由蔵どの、うちが二人で都合十二人」

と磐音が確かめるように言うとおこんが、

「どのようなことがあってもよいように十五、六人前の膳は用意しておきます。またお供の方々の食べ物も用意しておきます」

と言ったところに早苗が、

「霧子さんが帰ってこられました」

と知らせてきた。

四

霧子は磐音に報告した後、久しぶりに小梅村で磐音一家や由蔵、そして、住み込み門弟衆と夕餉を食し、

「また明日がございますでな」

と辞去する由蔵に、

「本材木町へお帰りならばご一緒にどうですな」

と誘われ、川清の小吉の猪牙舟に同乗して見張り所のある本材木町木戸番小屋に戻ることになった。

磐音は、辰平や利次郎らとともに船着場まで見送った。

「辰平さんの嬉しそうな顔を見られてよかったです。きっと明日はよいことが待っております」

猪牙舟から霧子が辰平に笑いかけた。

「霧子、弥助様に伝えてくれぬか。弥助様と霧子にだけ外仕事をさせて申し訳ない、明日が終われば手伝いに向かいますとな」

「辰平さん、稽古のほかはしばらくお杏さんのことだけを考えてあげてください。途方もない長旅をしてこられた理由を考えてみてください。お杏さんは大店のお嬢様です。私たちとは違います。辰平さんにお会いしたい一念で頑張って道中してこられたのです。きっと若先生もおこん様もお許しくださいます」

「分かっておる。どのようなことが起ころうと、お杏さんと素直に話し合う。さすれば道が開けようからな」

辰平は霧子の正直な忠言に素直な気持ちで応えた。すると利次郎が言い出した。

「そうだ、辰平。それがしもこれまで幾多の難関や壁にぶつかるたびに真正面から立ち向かってきた。のう、霧子」

「はいはい、いかにもさようです」

「そなた、軽々しく返事を二つも重ねおって、それがしの言葉を投げやりに嘲笑《あざわら》いおったな」

「いえ、私はなにも。ただ」

「ただ、なんだ」

「利次郎さんの場合は一人相撲《ずもう》が多うございます」

「なに、それがし、独断で行動しておると申すか」

「おうおう、利次郎よ。たしかにそなた、自分勝手に行動いたすきらいがあるな。だがな、霧子、そなたが気を失うておった二月《ふたつき》の間の利次郎の深刻さをそなたに見せたかったぞ。あれはまさしく霧子への想いが滲《にじ》んでおった」

と田丸輝信が二人の話に絡んできた。

「で、あろう。それがし、真剣に霧子の容態を案じておったでな」

「別の見方をいたさば、おろおろして嘆き悲しんでいたようであったな。そのせいで霧子が正気に戻るのが遅れたのやもしれぬ」

輝信が思わず洩らして、霧子に睨まれた。

「田丸輝信様、そなた様に好きな人ができたときを楽しみにしております。私はそんな利次郎さんが好きなのです」

と霧子の思わぬ反撃にあった輝信が、

「ふあっ、霧子め、えらく大胆なことを言いおるぞ。だがな、霧子、それがしに好きな女子ができるとも思えぬ。生涯部屋住み、尚武館の一門弟で過ごす覚悟ができた」

「田丸輝信どの、そなたにも近い日、辰平どのや利次郎どののように嬉しさを隠しきれない日がやってくるであろう。そうでなければ困る。これ以上、独り者の門弟ばかり増えてもな」

と磐音に言われた輝信が、

「ああ、田丸輝信、進むべき道も残る手立てもないか」

と大袈裟《おおげさ》に嘆いてみせ、平助に、

「よかよか、こん小田平助んごと、生涯さすらい人で全《まっと》うするのもまた一興たい」

と慰められ、悄然《しょうぜん》と肩を落とした。

「輝信さん、そげんしょげることはなか。世の中にはくさ、輝信さんば好きちゅう物好きがおるかもしれんたい」

「小田様、下げたり上げたり、それがし、どういたさばよいのでございますか」

「わしのこれまでの拙《つたな》い経験ばってん、好きな女子はひょこっとできるたい」

「おや、小田平助様にもさような惚れたはれたがございましたか」

と思わず利次郎が口を挟み、

「利次郎さん、親しい仲にも礼儀というものがございます」

といつもの口調に戻った霧子から注意が飛んだ。

「霧子さん、よかよか。こん小田平助の恋話はいつかな、閑んときにお聞かせしようたい。待っちょらんね」

「小田平助様、楽しみにしておりますぞ」

と由蔵が応じて、

「辰平さん、お杏さんに霧子がくれぐれも宜しくとお伝えください」

との言葉を残した霧子と由蔵を乗せて、小吉の猪牙舟が夜の隅田川の闇へと溶け込んでいった。

磐音は漠たる不安を感じていた。

剣術家の生き方は死を賭した戦いの繰り返しだ。その覚悟はできているつもりだった。だが、胸奥にもやっと蟠《わだかま》る不安はそのようなものとは異なるもので、これまで感じたことのないものだった。

（不安を感じさせるものはなにか）

妻子も門弟衆も知り合いも息災に暮らしていた。

明日、松平辰平の将来が決まるかもしれない。だが、自ら仲間たちの前で吐いた言葉どおり、辰平もお杏もどんな難関でも乗り越えていくと磐音は確信していた。

それでも不安は拭《ぬぐ》い切れなかった。

「辰平、お杏さんとはどのような娘御かのう」

「明日には会うのじゃ。利次郎、そなたの目で確かめよ」

「辰平さんが好きになった女子です。はっきりしていますよ」

と神原辰之助が絡んできた。住み込み門弟では一番若い二十三歳だ。

「辰之助、どういうことか」

「利次郎さん、分かりませんか」

「分からぬな」

「男というもの、母親の面影を胸のどこかに秘めているものです」

「辰之助、おまえは母御に似た女子が好きか」

「まだ本式に女子に惚れたことがございませんので、その辺のことは今ひとつ摑めません。ですが、そういうものだそうです」

「ふうーん。すると辰平はお稲様に似た面立《おもだ》ちをお杏さんに認めたか」

「辰平さんは違います」

　と、いやにはっきりと辰之助が言い切った。

　己が話題の会話を辰平は黙したまま聞いていた。

「そなたの話は理屈に合うておらぬ。母親の面影を追うと言うたそばから、辰平は違うと否定する。いい加減な思い付きを口にするでない。辰平が内心苦々しく聞いておるわ」

　輝信が辰之助を叱るように言った。

「辰平さん、迷惑ですか」

「迷惑などであるものか。感心して拝聴しておる」

「辰平さんは剣術といっしょで挙動にも隙がないからな」

「それがしの欠点だ。それがし、臆病者でな、本心を明かしたり、身を晒《さら》したりすることがない。破綻がなきよういつも身構えておるのだ。それが真実だ、辰之助」

「驚いた。こんなにも辰平さんって素直だったか」

「いつになったら若先生のように融通無碍《ゆうずうむげ》の自在の剣を、生き方を会得できるやら見当もつかぬ」

と辰平が言い切ったのを見て、磐音は松平辰平が一廉《ひとかど》の剣術家の道を着実に辿っていると考えた。

「よし、言いかけた考えを申します。辰平さん、怒らないでください」

「辰之助、われら同門の士、おなじ釜の飯を食うてきた仲だぞ。助けたり助けられたりすることがあっても、仲間の言葉に激したりするものか」

辰平の言葉に首肯した辰之助が輝信に視線を戻し、

「男は皆どこかで母親の面影を追うものです」

と繰り返した。

「だが、辰平は違うとも言うたではないか」

「はい。母親の面影を慕いつつも、好きになる女子は微妙に違うております。それがし、松平辰平様が探し求められる母親像は、坂崎こん様と思うております。だから、博多から参られたお杏さんは、どこかおこん様と重なる娘御と思うております」

「おお、それならば分かる」

と叫んだのは利次郎だ。

「辰平が独り立ちしたのは、若先生とおこん様の豊後関前への旅に同行した折りのことだ。辰平にとっておこん様は母親であり、姉上のような女性《にょしょう》だからな」

「利次郎、辰之助、勝手なことを言うでない。若先生とおこん様がお気を悪くされる」

と辰平が動揺した体《てい》で慌てて言った。

「辰平どの、そなたはどう思うな」

磐音が辰平に質した。

「そのようなことを考えたこともございません。されど辰之助に言われて改めて気付きました。若先生とおこん様は、稲荷小路の父母とは全く違います」

辰平の言葉に首肯した辰之助が、

「この中で辰平さんを除いてお杏さんを承知なのは若先生だけでございます。いかがですか、お杏さんは実家の母御に似ておられますか、それともおこん様のほうですか」

「辰之助どの、辰平どのがお杏どのにお稲様の面影を重ねたか、おこんを重ねたか、明日、そなたの目で確かめられよ」

と磐音が言って皆が頷き、その場の話は終わった。


その夜、就寝しようとした小梅村の坂崎家の戸が叩かれた。磐音の耳に馴染んだ叩き方だ。

「弥助どのが、かような刻限に訪ねてこられた」

「霧子さんが戻らぬとか、なんぞ出来《しゅつたい》したのでしょうか」

おこんが案じた。

「そうではあるまい。おこん、そなたは明日のこともある。先に休んでおれ」

おこんに命じた磐音は、寝衣のまま愛刀の備前包平《びぜんかねひら》を手に玄関に立ち、戸を開いた。

「若先生、申し訳ございません。明日の朝とも思いましたが、やはり一刻も早くお耳に入れておいたほうがいいと思いましてね」

「台所へ参ろう。女衆も明日が早いでな、寝ておる」

へえ、と応えた弥助を磐音は台所に誘い、有明行灯《ありあけあんどん》の灯心を搔きたて、灯《あか》りを強くした。

その間に弥助は水甕《みずがめ》に竹柄杓《たけびしゃく》を突っ込み、ごくごくと喉《のど》を鳴らして水を飲んだ。板の間で二人は向き合って座した。

「本材木町の木戸番の一造どのがなんぞ摑んでこられましたか」

「やはり郷に入っては郷に従え、土地っ子の耳にはわっしら密偵も形無《かたな》しでございますよ」

と苦笑いし、

「佐野善左衛門様でございますが、白河藩邸におられます」

「やはり、そうであったか」

「佐野様はなんぞ待っておられる様子とか。癇性《かんしょう》にして性急、あの思い付きの言動には、これまでわっしらも散々迷惑を蒙《こうむ》って参りましたが、松平家の用人様と碁《ご》を打って暇を潰しておられるそうです」

「あの佐野様が碁を嗜《たしな》まれるか」

磐音はこれまで知る佐野の人柄と碁が結びつかなかった。

「気性そっくりの早碁でございますそうで、それでいて勘がいいのか強いのだそうです。用人相手では物足りず、近頃では中間頭の豊蔵《とよぞう》を相手にしているそうです。この豊蔵、松平様の江戸藩邸では抜群の打ち手、へえ、町中の賭け碁で鍛えた腕前とかで、佐野様の早碁といい勝負なんだそうでございますよ。この豊蔵が番太の一造と飲み仲間。そんなわけで、新番士の佐野様と確かめられたんでございますよ」

「弥助どの、手柄です」

「若先生、手柄は一造さんですよ。もっとも、元を辿れば木下一郎太様ですがね」

「ところで、松平定信様の江戸藩邸になぜ佐野様が潜んでおられるのか」

「わっしが大井川で待ち伏せして以来、佐野様とはそれなりに行動を共にしてきた仲ですがね。白河藩と関わりがあるなんぞ、これっぽっちも口にされたことはございませんでした」

「松平定信様と佐野様が知り合いでないとすると、白河藩江戸藩邸の重臣のだれかが佐野様を招き入れておるのであろうか」

「いえ、佐野様は江戸藩邸の離れ屋に暮らしておられるそうな。碁もそこで遊ばれるのだそうで。となると定信様の命か許しがなければならない話ではございませんか」

「弥助どの、いかにもさようです」

「若先生、松平定信様と佐野善左衛門様に相通じることとはなんでございましょう」

「田沼意次、意知父子憎しの情念にござろうな」

八代将軍徳川吉宗の孫である定信の実父は田安宗武《たやすむねたけ》だ。ゆえに当代家治の跡目を継ぐ血筋と格式を持っていた。

だが、定信の若さと明敏を恐れた田沼意次が、白河藩主松平定邦の養子として松平家に入れ、将軍位争いの競争から脱落させていた。

その折り、田沼の差し金と知った定信は短刀を隠し持って登城し、田沼を暗殺する気であったという。そんな風聞が流れたとき、定信は膝を屈して田沼意次に詫びたなどという話も囁かれた。

佐野善左衛門とて佐野家の系図を巡り、田沼父子にいくたびとなく煮え湯を飲まされてきた。

だが、

「田沼父子憎し」

と考える幕閣、大名諸家、直参旗本は二人だけではない。幕府の権勢の頂点にある田沼父子を憎悪し、嫌う者は数えきれない。だが、そのことを表に出す者はいない。

「父は老中、子は若年寄」

が意味するものは、意次亡き後も意知がその跡目を継ぐということだ。

「若先生、お二人にもう一つ共通することがございましょう」

「この坂崎磐音でござるか」

「いかにも。佐野様と若先生はここ数年来の付き合いにございますな。一方、松平定信様はつい先日、若先生と師弟の契りを交わされたばかり。それ以前は田沼意知様が背後にいた木挽町の江戸起倒《きとう》流鈴木清兵衛《すずきせいべえ》の門弟でございましたな」

「定信様は、鈴木どのの背後に田沼様父子が控えておられることはご存じなかったのだ」

一時、江戸起倒流鈴木道場は大名家の藩主らが名を連ね、

「門弟三千人」

と豪語した時期があった。

だが、磐音が木挽町の江戸起倒流鈴木道場に利次郎と弥助の二人だけを連れて乗り込み、鈴木清兵衛との尋常の勝負を願い、満座の前で打ち破っていた。その背景には、豊後関前藩の跡継ぎ福坂俊次《ふくさかとしつぐ》が尚武館からの帰途、田沼意知の命を受けた鈴木道場の面々に襲われた経緯があった。

道場主が磐音に打ち負かされたのを機に、江戸起倒流道場から門弟の足が遠のき、廃《すた》れていった。道場主の鈴木清兵衛は、磐音を打ち果たすべく剣術修行の旅に出ていた。

そんな経緯があって、定信は小梅村の直心影流尚武館坂崎道場に入門したのだ。

「松平定信様は白河藩主、一方佐野様は直参旗本ながら家格も出自もまるで異なります。定信様と佐野様がどのような場でいつ知り合われたか、調べはついておりません。さらに奇妙なことが松平邸で起こっているそうな」

「どのようなことですか」

「中間頭では相手の姓名身分まで分かりませんがね、直参旗本、譜代大名などそれなりの身分の方々が密《ひそ》かに松平定信邸へ出入りなされて、談義を重ねておられるそうでございます」

「楓川の南には若年寄田沼意知様の屋敷があって、北側には松平定信様の江戸藩邸がある。そしてそこには佐野善左衛門どのが匿われている。弥助どの、これをどう考えればよかろう」

「軽々には申し上げられません。ですが、松平定信様の屋敷にお集まりの方々にとって、白河藩江戸屋敷は反田沼派の砦《とりで》と言うてよろしいのではございますまいか」

「松平定信様は反田沼派の大名諸家や旗本衆を糾合し、老中田沼意次様の力を強引に削ぐ気であろうか」

「と、考えたほうがよろしいかと」

と応じた弥助が、

「若先生、尚武館坂崎道場に松平定信様が入門されたには、なんぞ曰くがあるのではございませんか」

「曰くな」

磐音の長い沈黙を弥助はひたすら待った。そして、磐音が口を開いた。

「未だ動く機に非《あら》ず。弥助どの、一造どのに願い、松平家に出入りする大名衆や直参旗本方の身許を調べてもらいたい」

「若先生、時にその方々の集まりは夜にかかることがあるそうな。わっし一人で忍び込んではなりませんか。なにが起こっているのか、この眼で直に確かめとうございます」

弥助は霧子を伴うことなく松平定信邸への潜入を願った。

「弥助どの、そなたならばやってのけられよう。だが、松平定信様は譜代大名白河藩主にしてわが門弟である。信頼を裏切ることはしとうない。松平定信様のお考えがはっきりするまで、もうしばらく待ってはくれぬか」

こんどは弥助が長い沈思をしたのち、

「相分かりましてございます」

と応えた。

「ともかく定信様がなにゆえ旗本連と関わりを持っておられるのか、確たる証《あかし》が要ります」

磐音は重ねて念を押した。

弥助の気持ちが松平邸潜入に傾いていることを承知していたからだ。

「弥助どの、われらは死ぬも生きるも一心同体でござる。よいな」

「若先生、畏まりました」

と弥助が返事をして、

「まずは明日の集いがうまくいくことを願うております」

と言い残すと、懐から草履を出して土間に置き、磐音に会釈をして裏戸から晩春の夜の闇に消えていった。

第四章　小梅村の宴

一

　その日、最初に姿を見せたのは松平喜内とお稲の夫婦であった。喜内は早朝に小梅村の尚武館坂崎道場に使いを立て、

「われら、朝稽古を見物したく存ずるが、早く伺うてもよいであろうか」

との丁重な挨拶をなしていた。そこで磐音は使いの者に、

「いつなりとも都合のよき刻限のおいでをお待ちしております」

と返事をなしていた。ために喜内とお稲が駕籠《かご》で小梅村に到着したのは五つ半(午前九時)の頃合いだった。

　住み込み門弟の稽古は終わり、通い門弟衆が集まる刻限、大勢が稽古に汗を流

していた。

このところ入門志願者が増え、いつも五十人前後が集まり、広くなった尚武館坂崎道場で存分に動き回っての稽古が行われていた。

二人が見所に姿を見せたとき、磐音は福岡藩黒田家家臣平林《ひらばやし》豹助《ひょうすけ》を相手に指名したところだった。

磐音とおこんが福岡城下を訪ねた折り、藩道場で手合わせして以来、平林豹助は磐音の人柄と技量を敬愛し、福岡藩にとって格別な幕務の長崎在番を果たしたのちに、江戸藩邸勤番を願い出た。それは尚武館坂崎道場に入門することを意味していた。そして、積年の夢がこの春叶ったところだった。

江戸勤番と剣術修行を兼ねた平林の願いが聞き届けられた背景には、福岡藩の、

「中興の祖」

と謳《うた》われる前《さき》の国家老吉田久兵衛の推挙があってのことだ。豹助は入門の日から十数日が過ぎたものの、磐音から直々の指導は叶わなかった。それがようやく声がかかったのだ。

「坂崎先生、ご指導をお願い申します」

初めて磐音と豹助が竹刀を合わせてから六年余の歳月が過ぎていた。

「拝見仕《つかまつ》る」

磐音は念願の入門を果たした豹助に直接指導を行わず、小田平助の槍折れの稽古を命じて、その様子を窺っていた。

小田平助は福岡藩芦屋洲口番《あしやすくちばん》勤務の小者の倅だ。豹助がその出自を知らずとも、筑前訛りでその出は察せられたはずだ。

「筑前訛りの得体《えたい》の知れぬ人物」

の指導を平林豹助がどう受け止めるか。

だが、豹助は一切不満など顔に出すことなく、黙々と槍折れの稽古に加わっていた。それを確かめた磐音が豹助との稽古をなした。豹助は張り切らざるをえなかったが、自らに平静を保つよう言い聞かせて磐音の前に立った。

磐音は豹助と竹刀を構え合い、豹助がこの六年を無駄に過ごしたのではないことを悟った。

「平林豹助どの、よう弛《たゆ》まず精進してこられましたな」

「はっ、はい」

豹助は磐音の一言で、忘れかけていた磐音の人柄の温かさと懐の深さを思い出していた。道場にも入れず、筑前訛りの小田平助の槍折れの稽古に加えたのは、豹助のこの六年を知るためだった。

「長崎在番中の稽古ぶり、存分に発揮なされ」

「はい」

と返事をした豹助が正眼の竹刀を構え直し、一つ二つ息を整えると、正面から身をぶつけるように立ち向かってきた。

松平喜内とお稲は道場を見回し、まず倅の姿を探した。だが、すぐには見つけられなかった。

「おまえ様、なかなかの道場にございますな」

「本来ならば神保小路の拝領地に大道場を構えるべきお方だが、あの父子が城中を支配しておられるのだ。ただ今は臥薪嘗胆《がしんしょうたん》の時節じゃ」

お稲が道場内で必死に立ち合い稽古をする中からわが倅を見付け、喜内に教えた。

「辰平があそこに」

辰平は、速水右近を相手にしていた。

右近はなんとしても「尚武館改築祝い　大名諸家対抗戦」の三人枠に選ばれようと必死の稽古を続けていた。

「お面！」

と辰平の隙をついて竹刀を振るった。

だが、それは辰平に弾き返されることを想定しての偽装であった。

事実、辰平が弾いた。

その直後、右近は猛然と胴を狙うと見せかけて小手に連続攻撃を見舞った。

辰平に一手一手丁寧に小手打ちを外され、最後は引き付けられて反対に巻き落とすような打撃を小手に返され、

「おっ」

と叫びながらも、竹刀を落とすことだけは免れた。

「右近どの、気が逸っておられます。ゆえにそれがしの動きが見えぬのです」

「はい」

構え直した右近に今度は辰平が仕掛けて羽目板まで追い詰め、反撃するところを面打ちから胴打ちに仕留めると右近が床に転がった。

「辰平ったら、ああまでお若い方を苛めなくともようございましょうに」

「稲、苛めておるのではない。生半可な稽古は身につかぬ。痛みを伴うてこその稽古じゃ」

と喜内がお稲を窘《たしな》めたとき、磐音が稽古をつける平林豹助も腰がわずかに浮き上がってきた。

「平林どの、竹刀をお引きなされ。腰が浮いてこられた。よいな、小田平助どのの槍折れを毎日倦《う》まず弛まず続けられると、腰がどっしりとして体の軸がぶれることはなくなる。辛抱して稽古をしてみなされ」

と諭された。

「はっ、はい」

「小田平助どのは神保小路時代にふらりと尚武館を訪れた人物にございましてな、その昔、お父上は福岡藩の芦屋洲口番に奉公なされておられたとか、つまりはそなたとは同郷の人物です」

豹助が得心いったというふうに頷いた。

「亡き玲圓先生も小田どのの槍折れの術と人柄を気に入り、客分として遇してきました。われらが江戸を離れた数年、小田どのがこの小梅村の仮寓を護ってこられたのです。諸国回遊三十年余の古強者ながら心根はまったく無垢《むく》にして、今では尚武館坂崎道場になくてはならぬお方、師範格というてもよい小田平助どのです」

「わが藩にあのような異才がおられましたか」

と豹助が驚きの顔で庭を見た。そこでは小田平助が新しい入門者に槍折れの手解きをしていた。

「それにしても槍折れはきつうございますね」

「一見地味にしてきつい稽古です。じゃが、半年一年と槍折れの稽古を繰り返すと、必ずや剣術の上達に結び付きます」

はい、と頷いた豹助が胸の内を打ち明けた。

「坂崎先生、それがし、坂崎様との差を縮めんと必死で稽古を積んできたつもりでございます。それが六年ぶりにご指導を仰ぎ、先生の背はますます遠のいておられる。それがし、どうすればよろしいのでございましょう」

「平林豹助どの、剣術は他者との競い合いではのうて、己との戦いにござる。長崎在番で続けてこられた稽古をこの江戸でも続けられることです。己を律した稽古を繰り返すうちに次なる目標が見えてくるものです」

「はい」

と応えたとき、庭先に怒声が起こった。

「それがし、中間小者の棒振りを習うために尚武館坂崎道場の門を叩いたのではない。武士たるそれがしを、地べたにて小者に指導させるとは、尚武館はなんたる無礼か」

今朝入門を願ったらしい三十前後の武士が顔を真っ赤にして怒っていた。足元に稽古用の槍折れが転がっているところを見ると投げ捨てたものか。

「直心影流尚武館坂崎道場の基本の一つがたい、この槍折れの稽古ですもん。我慢して稽古を続けてみらんね」

小田平助が顔色一つ変えずに言った。

「直参旗本を愚弄《ぐろう》いたすか。そのほう、武士ではあるまい」

「見てんとおりの老いぼれたい」

「武士に向かって在所訛りで忠言するなど無礼千万」

「どげんすりゃよかと。ほかのお仲間が困っておられるばい」

「武士でもなき者に指導など仰げるか。木刀でかかってこい。それがしが打ちのめしてくれん」

「そりゃ、いかんばい。尚武館のおん大将は坂崎磐音様たい。許しものうてくさ、木刀稽古はしきらんと」

「ごたごた在所言葉でぬかすな」

入門志願者は持参の木刀を構えて平助を睨んだ。すると門番の季助がひょこひょこ姿を見せて、

「平助さん、相手がああ言うていなさる。稽古をつけたらどげんな」

筑前訛りを真似て、心得顔に木刀を差し出した。

「道場に断らんでよかろうか」

「よかよか」

道場の稽古は庭の騒ぎと関わりなく続いていたが、気配を察した磐音が、

「やめ！」

の声を発して稽古を中断し、

「他人の稽古を見るのも技量上達の一つにござる」

と見物を許した。

松平喜内もお稲も見所から縁側に移り、庭を見る格別な席を占めた。

「ほらな、若先生も見とらすたい」

「季助さんや、なんやら近頃くさ、わしの訛りが皆に移ったごとあるばい」

ぼそぼそと言いながら、平助は手にしていた槍折れと季助の木刀を交換した。

「小田様の木刀は見たことない。大丈夫か」

逸見源造がかたわらにいた羽田六平太に案じ顔で言い、

「あやつの腕を見てみよ。小田様の腿《もも》より太いぞ」

と六平太が興味津々という顔で応えた。

「あんたさんの注文やけん、応じまっしょ。ばってん、お手柔らかに願いまっしよかな」

「稽古に手柔らかなどない」

「なかですか、そりゃ困った。ところで、あんたさんの名はなんやったかな」

「直参旗本三百石元御番組深水《ふかみ》三左衛門《さんざえもん》」

「元御番組まで名乗られてご丁寧なことたい。わしは尚武館坂崎道場の居候《いそうろう》、有体《ありてい》にいえば、ごく潰しの小田平助たい」

「参れ、爺」

深水が使い込んだ木刀を大上段に構えた。

身丈は五尺八、九寸か、胸板厚く体重は二十貫をだいぶ超えていると思えた。

それに対して小田平助は五尺二寸余。正眼に構え、深水の両眼を睨んだ。

「うーむ」

深水が一瞬にして変わった小田平助を睨み返そうとした。

その直後、平助の正眼の木刀がゆるゆると下段に向かい、地面に届きそうになったところで左脇構えに変わっていった。その動作の間に平助の腰が沈んでいた。

いよいよ深水は相手を見下ろす格好になった。

その間にも平助の視線は深水の両眼を捉えて離さなかった。ためにも深水は平助の木刀が正眼から左脇構えに移動したことも腰が沈んだことにも気付いていなかった。

「おりゃ！」

自らに気合いを入れた深水三左衛門が、小田平助の体に伸《の》しかかる勢いで踏み込み、上段の木刀を脳天に振り下ろした。

すすっ

と同時に踏み込んだ平助の脇構えの木刀が深水の振り下ろしを避けて、迅速にも強《したた》かに腹部を叩いていた。

うっ

と息を詰まらせた深水が前のめりに地べたに崩れ落ちた。

「おまえ様、あの爺様、なかなかの遣い手ですよ」

お稲が感嘆の声を上げ、

「小田平助どのの見事な一撃を見たか。尚武館は退屈せぬな」

と喜内が喜んだ。

小田平助が深水から道場の一同に視線を移し、

「ご一統、爺の手慰《てなぐさ》みたい」

と恥ずかしそうに呟いた。

「各々《おのおの》方、ご覧になられたな。槍折れから木刀に替えられたとはいえ、一芸に秀でたお方を甘く見るとああなる。小田平助どの、なかなかの胴打ちにございました」

「こりゃ、若先生、眼の毒やったな。こんお方、どげんしましょかな」

「六平太どの、源造どの、剣術は体の大きさでも力でもない。機と間と動きじゃ。見物料にあのお方を井戸端まで運びなされ。気付いたのち、道場に残るも立ち退《の》かれるも勝手次第です」

「はい」

と六平太と源造が道場から庭に下りて、気を失った深水を、

「重いぞ、抱えるのは無理じゃ、引きずっていこう」

と井戸端に運んでいった。

朝稽古が終わったとき、井戸端から深水三左衛門の姿は消えていた。

「若先生、入門の士ば一人失うた。えらいすまんことでした」

小田平助が磐音に詫びた。

「なんのことがございましょう。小田平助どのの正眼崩しの脇構え、その恐ろしさを目《ま》の当たりにして、皆は勉強になりました」

「若先生に言われるとくさ、恥ずかしかたい」

「いえ、あの胴打ちは一見の価値がございました。この重富利次郎、感服仕りました」

「利次郎さんにまで褒められたばい」

小田平助が小さな体をいよいよ小さくした。

「これ、辰平、そなたは果報者です。坂崎先生ばかりかあのような士までおられる尚武館で好きな剣術修行ができるのです。これで私の望みは」

「母上、お待ちください。その先は皆さんの前で披露なさることではございません」

辰平がお稲の口を塞ぎ、磐音が、

「喜内様、お稲様、いかがでしたか、倅どのの精進ぶりは」

「それがし、なんの心配もござらぬ。人というもの、好きな道に没頭できるほど幸せなことはございますまい」

「いかにもさよう。母屋に移り、茶など喫しましょうかな。辰平どの、父御と母御を先に母屋へ案内なされ」

と命じた。

磐音が尚武館に残ったのは、姿を消した深水のほかに二人の入門希望者があったからだ。

「いかがですか」

磐音の問いに、

「坂崎先生、入門をお許しください」

「それがしもお願いいたします」

と二人が願った。

この日、入門を願った三人のうちの二人が恒柿智之助《つねかきとものすけ》と井上正太《いのうえしょうた》で、恒柿は木挽町の江戸起倒流鈴木清兵衛道場の門弟だったという。

「それがし、木挽町の道場で坂崎様と鈴木先生の立ち合いを見た一人です。あの日以来、それがし、剣術の師を坂崎磐音様と定め、木挽町の道場には退場届を提出し、日にちをおいて本日伺うたのです」

「恒柿どの、おいくつか」

「十七にございます。御家人の次男の冷や飯食いです。尚武館に入門するならばと爺様が束脩《そくしゅう》を出してくれました」

「よい祖父をお持ちじゃな」

「祖父は鳥籠《とりかご》造りの名人にございまして、御家人の給金より稼ぐのです」

「そなたは祖父の手技を継ぐ気はござらぬか」

「父は剣術も鳥籠造りの内職も嫌いです。私は祖父の血を引いたのか、剣術も鳥籠造りも好きです。ですが、今は剣術を修行しとうございます」

頷いた磐音は、井上正太を見た。こちらは口が重いのか、

「それがし、浪人にござるがいささか志ありて、剣術を改めて修行したく思い立ったのでござる。さような曖昧なことでは入門は許されませんか」

と磐音を見た。

「尚武館は神保小路時代から、来る者拒まず去る者追わずを道場訓としてきたのです。お二人がまず槍折れから体を造り直されてもよいと申されるならば、快く

受け入れます。束脩は槍折れの基本稽古が終わったのちに」

「いつ、槍折れから道場稽古へと許しが得られましょうか」

井上が磐音に尋ねた。

「明日にもその日が来るやもしれません。あるいは半年以上、小田平助どのの許しが延びるやもしれません。ともあれ、道場で稽古する面々も槍折れの稽古は毎朝なします。その覚悟がおありか」

井上がしばらく考えた末に頭を下げて、二人の志願者の仮入門が決まった。


九つ半（午後一時）の刻限、川清の屋根船に箱崎屋の次郎平とお杏親子、それに案内方を務める今津屋吉右衛門とお佐紀夫婦に老分番頭の由蔵が同乗して、小梅村の船着場に着いた。船頭は小吉と見習いの二人だ。

尚武館道場の庭先はきれいに掃除され、住み込み門弟の利次郎らが河岸道に並んで出迎えた。

船着場に下りたのはおこんと辰平だけだ。

「次郎平様、お杏様、お久しぶりにございます」

「おこん様、息災にてなによりでございます。尚武館道場を見物に参りましたよ」

と西国一の大商人の貫禄で次郎平がおこんに応えた。

「お杏さん、お手を」

そのかたわらで辰平がお杏に手を差し出し、屋根船から船着場に下りるのを手伝った。

「吉右衛門様、お佐紀様、すでに松平様方はお見えです」

おこんが告げて、江戸と博多の豪商が小梅村の船着場に下り立った。

二

今津屋と箱崎屋の二組が母屋に案内されて松平喜内とお稲が迎え、緊張のうちに両家を知る磐音が、松平家と箱崎屋の親子の紹介役を果たすことになった。

「松平様、箱崎屋次郎平どのと娘御のお杏どのにございます」

磐音の言葉に頷いた喜内が、

「箱崎屋どの、よう江戸に参られた。辰平が筑前博多に滞在中はいかい世話になったそうな。この場を借りて礼を申す」

と次郎平に言いかけ、その喜内の視線がお杏に行き、

「お杏どの、われら、そなたと会えることをどれほど楽しみにしておったか」

としみじみ洩らした。

直参旗本と筑前博多の豪商、身分違いの両家の垣根が、喜内の言葉で一気に崩れた。その言葉を受けてお杏が応じた。

「松平様、箱崎屋杏にございます」

「箱崎屋次郎平にございます。私どもも、どれほどこの日を楽しみにして参りましたか。坂崎磐音様とおこん様には言葉では言い尽くせぬほどの気持ちにございます」

と互いに相手を思いやる言葉の挨拶が済むと、さらに場が和んだ。そこへ庭先から遠慮げに利次郎が姿を見せ、

「若先生」

と縁側に呼んだ。

「どうなされた」

と磐音はいささか訝しげな面持ちで尋ねた。

利次郎は本日がどのような日か、だれよりも承知していた。曰くがなければ母

屋に姿を見せることはない。

「松平定信様がお見えです。なんぞ若先生にお話がありそうなご様子ゆえ、それがしの一存でお取次ぎを」

利次郎が言葉を途中で呑み込んだ。

「相分かった」

磐音はおこんを振り向き、

「おこん、事の次第では松平定信様をこの場にお呼びしてよいか」

客が一人増えることを婉曲《えんきょく》に問うた。

「それは構いませぬ。ですが、まずはお会いになってお話をお聞きになってからのことでございましょう」

おこんが含みを持たせた返事で応じ、茶菓の接待に台所に立った。

「ご一統様、しばらく中座させてくだされ。正客で未だお見えになっておられぬお方もございますれば、しばし歓談をお願い申します」

と断った磐音が由蔵に、よしなに座持ちをと目顔で願うと、利次郎とともに母屋から道場に向かった。

おこんの命で、早苗と今津屋から手伝いに来た女衆が茶菓を運んできた。そして、おこんも座に戻ってきた。

「松平定信様とはどなたでございましょうな」

次郎平がだれとはなく訊いた。

「箱崎屋様、吉宗様のお孫様にして白河藩主の松平様にございますよ」

今津屋の老分の由蔵が応じた。

「えっ、いきなり驚きましたな。こちらでは白河藩主ともお付き合いがございますか」

「次郎平様、白河藩主の定信様は尚武館の門弟にございます。代々の佐々木家がそうであったように、幕府とは付き合いが深い家柄でございましてな。磐音様も先の西の丸家基様の剣術指南をなされ、ただ今は紀伊徳川家、尾張徳川家と交流がございます。ゆえに御三家の家臣の方々も門弟衆におられます」

と由蔵が説明を続けた。

「いやはや、家基様の剣術指南に就かれたとは聞いておりましたが、吉宗様のお孫様や御三家の家臣が門弟ですか。福岡では考えられないことにございます。さすがは江戸でございますな」

「お杏さんは承知でしょうね。辰平さんも紀伊藩江戸藩邸に亭主ともども剣術指南で出入りを許されておられます」

おこんも口を添えた。

「いえね、箱崎屋さん、このようなことがおできになるのは、江戸広しといえどもこの家の主どのだけですよ。剣術の技量もさることながら、お人柄と人望にございましょうな」

と吉右衛門が言い、次郎平が頷いた。そして、次郎平は胸の中で、

(うちが招いた客人は遅いな)

と考えていた。


「若先生、お杏さんは美しゅうございますな。輝信らが大騒ぎしております」

利次郎が磐音と尚武館に向かいながら言ったものだ。その口ぶりにも興奮があった。

「利次郎どの、見目麗《みめうるわ》しいだけではござらぬ。大店の娘にも拘《かかわ》らず、どのようなお方にも分け隔てのう付き合う人柄のよさに辰平どのは惹《ひ》かれたのでござろう」

「辰平が剣を捨てるか、お杏さんと別れるか。さようなことは箱崎屋の主どのは言い出しませんよね」

「そのような無理難題は申されまいと思う」

磐音は、喜内と次郎平双方の父親の挨拶の応酬を聞いてそう思ったことを告げた。

「ようございましたな、辰平のやつ」

利次郎の言葉に磐音が静かに頷き、季節外れの空蟬をちらりと見て、

(老紅葉空蟬之命様、うまくいきそうにござる)

胸の中で礼の言葉を述べた。

利次郎はさらに考えを述べた。

「剣を捨てずにお杏さんと添い遂げるには、辰平が仕官するしかございますまい」

「もしそのような話ならば、それはそれで対応のしようもござろう。江戸におられるうちに両家が腹蔵《ふくぞう》なく話し合われることじゃ」

磐音は、紀伊藩から辰平に対する仕官の申し出が内々にあったことを思い出していた。

この年の正月のことだ。

辰平の父、松平喜内は紀伊藩御付家老三浦《みうら》重忠《しげただ》に城中で呼び止められ、剣術指

南坂崎磐音について話題を振られた。その折り、剣術指導に同行してくる松平辰平を紀伊藩で召し抱えたいという内々の申し出を受けたのだ。だが、この一件、松平家に正式に申し込まれた話ではないという辰平の意見で静観することになった。正式な仕官の申し込みならば、剣術指南役の師に同道し紀伊藩邸に出入りしている以上、坂崎磐音を通して申し入れされるのが本筋と考えたからだ。

その半月後のことだ。磐音一人が紀伊藩江戸屋敷に呼ばれ、三浦重忠から正式に、

「松平辰平紀伊藩仕官」

の話が持ち出された。

そのとき、磐音は有難い話なれど、返答はしばらく待っていただきたいと三浦に願っていた。箱崎屋の意向が分からず、辰平とお杏との目処《めど》が立たない今、かような仕官話を松平家に伝えるべきではないと考えたからだ。ためにこの一件を磐音は辰平のみに話しただけで、二人の胸に仕舞われてきたのだ。

「そうですよね、解決できないことはありませんよね」

利次郎が応え、二人は尚武館の前庭に回り込んだ。その姿を認めた神原辰之助が言った。

「あっ、機会を改めようと、松平様は船着場に戻られました」

「船でおいでであったか」

「はい」

辰之助に首肯した磐音が尚武館の門を潜り船着場に急ぐと、定信が船に乗り込んでいた。そして、その背後にもう一艘《そう》の船が船着場に近寄ってきた。こちらも武家が乗る船で、船印は筑前福岡藩黒田家のものだった。

磐音は新たに出現した船中に、朝稽古を終えて急ぎ藩邸に戻った門弟の平林豹助の姿を見つけた。おそらく案内方を務めているのだろうが、五体から重臣の案内方に指名された緊張がありありと伝わってきた。そちらの船に会釈した磐音は、「定信様、お急ぎの用にございますか」

定信に視線を戻した。

こちらもいつもとは違う硬い表情があった。

「坂崎先生、筑前博多の豪商箱崎屋やら両替商の今津屋が来客じゃそうな。本日はこちらが勝手に思い付いてのことじゃ。またにしよう」

「それでようございますか」

磐音は佐野善左衛門のことならば、なにをさしおいてもこの機会に話し合っておくのが大事と思っていた。だが、福岡藩江戸藩邸の重臣と思える人物の乗る船も姿を見せ、二人だけで立ち話ができる状況でもない。やはり差し障《さわ》りがあった。

磐音の逡巡を認めた定信が、

「いや、機会を改めよう。近々前もって使いを立てる。その折りは予《よ》の話をぜひ聞いてくれぬか」

「畏まりました」

磐音は返事をするしかなかった。

定信の乗る船が黒田家の船とすれ違い、小梅村の堀留から隅田川に出ていった。代わって福岡藩江戸藩邸の船が船着場に横付けされた。

「黒田家のご一統、すでに箱崎屋どのはお見えです」

磐音が新たな客を迎えた。

「箱崎屋に無理を願うたわれらが遅参いたしましたか」

いささか困惑の体の壮年の武家が呟き、さらに言い足した。

「坂崎磐音様、それがし、こたび江戸勤番を命じられた吉田保恵にござる。父は吉田久兵衛にございます」

「おお、久兵衛様のご嫡男でしたか」

「それがし、坂崎様が博多に滞在中、江戸在番にて掛け違い、また坂崎様方が帰府なされた折りは福岡に戻っており、お目にかかる機会を失しておりました」

保恵は三十代の半ばか、体にも顔にも潑剌《はつらつ》とした若さと気概を留めていた。

「それはそれがしが申すべき言葉です」

「言い訳になりますが、そのあとも長崎在番などがございまして、それがし、坂崎様と会う機会がなく残念に思うておりました。箱崎屋次郎平が上府した機会にぜひその場を設けてほしいと前々から願うておったのです」

中老の家柄の吉田保恵が言い、船から降りた。

中老は職制でもあるが家格でもあった。

福岡藩では実務方の最高職の家老は中老から任じられた。中興の祖である久兵衛保年《やすとし》の嫡子保恵はいずれ家老職を継ぐのだろう。保恵が、

「坂崎様、同道は江戸家老の黒田敬高《よしたか》様にございます」

と黒田家江戸家老を紹介した。

黒田という姓から藩主の血筋であろう。四十代の半ばか、恰幅《かっぷく》のいい人物だった。

「黒田様、小梅村によう足をお運びいただきました」

磐音は箱崎屋が招いた客がこの二人と確信した。

「坂崎どの、初にお目にかかる。黒田敬高にござる。以後昵懇《じっこん》の付き合いを願いたい」

と磐音の言葉に応じた黒田が、

「最前のお方は白河藩松平定信様にございますな」

と念を押した。

「いかにもさようです。ご存じでしたか」

「いやはや驚き申した。われらのために松平定信様が席を譲られたぞ、保恵」

「ご家老、父が申しておりました。江戸の黒鼠父子を退治するのは坂崎磐音どの一人じゃと。どなたが出入りなされても驚いてはなりますまい」

「いかにもいかにも」

と満足げに黒田が応じるのへ、

「遠路の客がお待ちかねです。ささっ、どうぞ」

と二人を案内しかけた磐音が、

「平林豹助どの、折角じゃ、ご同輩方と道場で稽古をなされてはいかがか」

と声をかけた。

「若先生、ようございますか」

「利次郎どのらが相手をいたそう」

と言い残した磐音は、福岡藩江戸藩邸の重臣二人を案内して母屋へと向かった。

その三人の背に、

「昼過ぎは住み込み門弟衆の稽古があります。どなたも手強《てごわ》い相手です。持参の稽古着に着替えて存分に汗をかいてくだされ」

と案内方として同道した福岡藩の同輩たちに話す豹助の声が聞こえてきた。

「あやつめ、最初から稽古をする気でおったか」

黒田が不満げに呟き、保恵がその言葉に続いて、

「坂崎様、父より書状を預かってきております」

竹林の中で父久兵衛からの書状を差し出した。

磐音はこの書状の中に、本日の二人が客として小梅村を訪ねた理由が認めてあると咄嗟に思った。

「後々拝読させていただきます」

母屋の座敷は由蔵の座持ちで話がはずみ、賑やかだった。

「おまえ様、松平定信様はどうなされました」

「別の日になさるそうじゃ」

とおこんに応じた磐音が、

「黒田家の江戸家老黒田敬高様、中老吉田保恵様にございます」

と一同に紹介すると、次郎平が、

「いえ、私めがお二方に同席を願うたのでございます」

と口を添えた。

「おまえ様、膳を供してもようございますか」

「おこん、四半刻、待ってくれぬか。その前に」

と辰平とお杏が座の中で緊張して体を硬くしているのを見た磐音が、

「辰平どの、お杏どのを屋敷の中など案内されてはいかがか」

と声をかけた。

「中座してようございますか」

「四半刻後、膳が出る折りに戻られよ」

辰平がどこかほっとした表情で、

「お杏さん、宜しゅうございますか」

「はい」

と応えたお杏も緊張から解放されて安堵の表情を見せた。

庭に下りた二人に空也が手を振って笑いかけた。だが空也の姿は障子に遮られて、座敷の一同からは見えなかった。

「空也様もわれらの散策に付き合われますか」

辰平の誘いに、

「辰平さん、お邪魔ではございませんか。母上が、本日は行儀ようせよと申されました」

「空也様、杏もお会いしとうございました」

お杏の言葉に空也が走り寄ったあと、座敷に眼が行き、

「ようおいでなされました。坂崎空也です」

と挨拶し、腰を折って頭を下げた。

「ようご挨拶ができました。辰平様とお杏さんの邪魔にならぬようになされ」

おこんに重ねて注意された空也がこくりと頷き、辰平とお杏の間に入るとそれぞれの片手をとった。

「この屋敷は今津屋さんから借りているものです」

空也が言いながら、二人を泉水のほうへと導いていった。

「さすがはお武家様のお子です。言葉遣いもしっかりとされ、物事が分かっておられる」

と次郎平が感心するのへ、磐音が、

「仏間に灯明《とうみよう》を灯《とも》して、亡き養父養母に皆様のお集まりを報告いたします」

と言って仏間に下がり、灯明を灯した後、吉田久兵衛の書状を速読し、二度目はじっくり読み終えると、

（お心遣い忝《かたじけの》うござる）

と遠く筑前国福岡にある吉田久兵衛に礼の言葉を胸の中で述べて、座敷に戻った。

「ご一統様に重ね重ねの中座をお詫び申し上げます。ただ今、吉田保恵様より届けられた御尊父の書状を読ませていただきました。いえ、本日の集いに黒田様と吉田様が同席された曰くが認められているように思うたものですから」

と断った磐音が喜内に視線を向け、

「福岡藩の国家老を務められた吉田久兵衛保年様は、それがしが博多滞在中に世話になった剣術の先達にございます。むろん国家老として藩財政を立て直され、

中興の祖として崇《あが》められているお方です」

と説明し、

「ここにおられる保恵様が嫡男であられます」

と言い添えた。

「坂崎先生、本日の集い、福岡藩と関わりがござるか」

と喜内が訝しげな声で磐音に問うた。頷いた磐音が、

「次郎平様、それがしがお話ししてようございますか」

「坂崎様、吉田久兵衛様がどのようなことを認めてこられたか、私には推量がつきません。ゆえに坂崎様からご説明のほどをお願いいたします」

「黒田様、いかがですか」

「久兵衛様の書状は坂崎どのに宛てたもの。坂崎どの、願えぬか」

「保恵様、よろしいか」

「坂崎様、年寄りの常、父の口出しはだんだんと酷《ひど》くなっております。余計なお節介でなければよいのですが」

と保恵が笑顔で応じた。

「掻い摘んで久兵衛様の文をご披露いたしますと、わが福岡藩と密接なる関わり

がある箱崎屋次郎平の末娘が、坂崎磐音の門弟の一人松平辰平と恋仲に、いえ、吉田様のお言葉そのままにございます。差し障りのあるお方はお許しくだされ」

「ふっふっふ」

と保恵が笑い出し、

「やはり父のお節介のようです」

と続けた。

「久兵衛様は、武士と商人、身分違いなれど、二人が想い想われておるならば夫婦《めおと》にさせてやりたい。ゆえにいささかこの坂崎磐音に提案があるとの書状にございました」

「して、その提案とは」

喜内が磐音に訊き、

「その件は江戸家老黒田敬高様からお聞きするようにとのことです」

「それでお二方がこの場に同席なされましたか」

と得心した言葉を洩らした。

「箱崎屋次郎平どのにお尋ね申します。この一件、箱崎屋ではどうお考えにございますか」

「坂崎様、末娘を連れて上府した事実でお察しくだされ。末娘のお杏に婿の話やら嫁入り話がなかったわけではございません。ですが、お杏はがんとしてそのような話に耳を傾けません。当初は、どうしたものかと私も訝しゅう思うておりましたが、あるとき、土佐領内からお杏に書状が届いて妻の神亀《みき》に質しますと、松平辰平様と話し合うたことではないようですが、二世《にせ》の契りを交わし合うているようだと申します。それで私も、ははあ、あの青年武士であったかと思い出したようなわけでございます。わが箱崎屋にとっても、坂崎磐音様とおこん様、松平辰平様の師弟は、強い感銘を残されたお三方にございます。お杏は末娘ゆえ、商人の嫁にならねばならぬということもございません」

三

次郎平の言葉に、
ふうっ
と安堵の吐息を洩らしたのはお稲とおこんだ。
「松平辰平どのとお杏どのの気持ちを、改めてお伺いしても宜しゅうございますか」

「坂崎先生、若い二人のおらぬうちに、ちと相談がござる。箱崎屋どのの気持ち、有難く拝聴し申した。されど辰平はわが家の次男坊、有体に申さば無給の部屋住みにござる。坂崎先生の薫陶《くんとう》を受けて紀伊藩に出入りさせてもろうてはおりますが、大店育ちのお杏どのを食べさせていく力はござらぬ」

「おまえ様、お杏さんは辰平といっしょならばどのような暮らしにも耐えられると、私に書いてこられましたよ」

「稲、若いうちはそれもよい。だが、長い先行きどうするのじゃ。箱崎屋は西国一の分限者じゃぞ。お杏さんはその家の娘御、武家に譬《たと》えれば大名家の姫様の暮らしをしてこられたのじゃ。長屋暮らしというわけにもいくまい」

との喜内の言葉に、
えへん、えへん
と黒田が空咳をした。

「黒田様のお話の前にそれがしから申し上げたきことがございます。ようございますか」

「坂崎磐音どの、なんなりと」

と黒田が鷹揚《おうよう》に受けた。

「ご存じの方もございましょうが、われら、三年半余の間江戸を離れておりました。最初はおこんと二人旅でしたが、弥助、霧子なる私どもの仲間があとから旅に加わってくれました。われらの境遇を案じて多くの方々が危険を承知で受け入れてくださいました。尾州茶屋《びしゅうちゃや》の中島《なかじま》家、その関わりで尾張徳川様は快く私どもをもてなしてくださいましたが、江戸からの手が伸びて、再び尾張を離れる仕儀に相成りました。おこんは産み月が迫っておりましたし、われら、どこに身を潜めるか迷うた末、雑賀衆で育てられてきた霧子が幼い頃の記憶を辿り、紀伊領内高野山《こうやさん》の内八葉外八葉《ないのはちようげのはちよう》の隠れ里に辿り着いたのでございます」

磐音の口から聞く告白を、黒田家家中の二人と箱崎屋次郎平は初めて耳にした。

ゆえに三人は息を呑んで聞いていた。

「われらの潜んだ隠れ里を探し求めて最後にわれら一行に加わってくれたのが、松平辰平どの、重富利次郎どのでした。これで安心と思うたのも束の間、その隠れ里もまた安住の地ではございませんでした。江戸から送り込まれた田沼様の手勢と、いえ、軍勢と言うてよい刺客団と戦うたこともございます、雑賀衆の助力を得てのことです。その折りには紀伊藩に迷惑もかけ、また手助けも得ましてございます。そのような日々を共にした辰平どの、利次郎どの、弥助どの、霧子は、私ども夫婦の身内同然の者にございます」

「磐音様とおこん様のご嫡男が空也様と言われるのは空海様、弘法大師の胸懐《きょうかい》でお生まれになったからですか」

「次郎平様、いかにもさようです」

と応じた磐音は、

「おこんと二人だけで始まった流浪の道中は、わが子空也をはじめ、新たなる仲間と知己を得る旅でもございました。その折りの縁もあって、江戸に戻って紀伊藩江戸屋敷に出入りを許され、それがしのみならず辰平どの、利次郎どのがそれがしに従うていくようになったのでございます」

「なんとも途方もない旅でございます。この箱崎屋次郎平、坂崎様から直にお聞きして深く感銘いたしました。尾張様やら紀伊様に知遇を得るなど坂崎磐音様のお人柄でございますよ」

磐音が次郎平の言葉を打ち消すように首を振り、

「ご一統様、過日のことです。紀伊藩から正式に松平辰平どのを召し抱えたいとの言葉を頂戴いたしました」

一同が思わぬ展開に息を呑んだ。

松平喜内は両眼を見開き、
しゃあっ
という奇声を発した。そして、松の内の城中で紀伊藩御付家老三浦重忠に話しかけられた折りの言葉が遂に現実のものとなったと思った。黒田敬高は思わず、

「遅かったか」

と洩らした。

息を整えた喜内が、

「坂崎先生、辰平はこの話、承知にござるか」

「はい」

「あやつ、なにゆえ話さなんだ。稲、承知であったか」

喜内の問いにお稲は首を横に振った。

「坂崎どの、その話、お決まりでしょうな」

と黒田が質した。

「いえ、返答を待ってもろうております」

「なにゆえかな」

「その返答は、当人の口から聞かれるのが宜しゅうございましょう」

磐音とおこんが福岡に立ち寄った安永六年（一七七七）初冬から、黒田家は大きな変化に揺り動かされていた。

七代目藩主黒田治之《はるゆき》は天明元年（一七八一）に三十歳で亡くなり、跡を継いだ治高《はるたか》は就位半年後に二十九歳の若さで急逝し、さらには黒田家九代目に六歳の斉《なり》隆《たか》が就くことになった。それが天明二年十二月十九日のことだ。

わずかな間に三代の藩主が交替する混乱の最中での申し出だった。福岡藩が松平辰平の仕官を求めるには理由がなければならなかった。

「御三家と当家では分がないか」

黒田が吉田保恵に尋ねた。

「いえ、どうでございましょう。案外、父のお節介が効くやもしれませぬ」

と言うところに、

「父上、辰平さんとお杏さんは座敷に戻られてようございますか」

と空也の問う声が庭から響いた。

「二人はどこにおられる」

「道場で稽古を見物しておられます。辰平さんが言われるには、話が長くなるようでしたら稽古に加わりたいそうです」

「空也、客人を待たせて稽古はならぬ。二人を早々にこちらにお連れ申せ」

磐音の言葉に空也が、はい、と返事をすると、尚武館へと走り戻っていった。

「おまえ様、辰平に御三家の紀伊様や西国の雄藩黒田家からお声をかけていただくだけでも有難いことです」

「それもこれも坂崎磐音様あってのことじゃ」

「はい」

と応えたお稲が、

「箱崎屋様、お杏さんをわが倅の嫁に頂戴してよいのでございましょうか」

と改めて念を押した。

「お稲様、若い二人はすでにその気持ちで文の交換をなしてきたのではございませんか」

「いかにもさようです」

「お稲様もお杏と書状を交わされてきたとのこと」

「恐れ入ります」

「お杏を松平家でもろうていただけますか」

「はっ、はい」

　とお稲が返答し、

「おまえ様、それでようございますな」

「今さら念を押されても返答のしようがないわ」

　喜内の返事に次郎平が微笑み、

「親はただ若い二人の言動を眺めているしかございますまい。なんぞあったときに手を差し伸べる、それが親の務めにございましょう。それが、ただ一つできることかと存じます」

「いかにもいかにも」

　と喜内が言い切った。

　その頃、

「さあ、早く」

　と空也に手を引かれた辰平とお杏は竹林から青紅葉の楓林に差しかかっていた。

　辰平は、
　ちらり
　と老紅葉の空蟬を見た。

役目を果たした抜け殻は、再び夏の季節を迎えようとしていた。

（老紅葉空蟬之命様、われらの行く末をお守りください）

辰平は空蟬に胸中で願うと、空也に引っ張られて座敷へと急いだ。

座敷では、全員が辰平とお杏を待ち受けていた。開けられた席に着いた二人に磐音が、

「黒田様より辰平どのにお話があるそうじゃ」

と前置きした。

瞬時、瞑目《めいもく》した黒田が両眼を見開いて言い出した。

「ここにおる吉田保恵の尊父吉田久兵衛様の強いご意思により、松平辰平どの、そなたを筑前福岡藩黒田家五十二万石にて召し抱えたい」

その言葉にお杏の表情が、
ぱあっ
と明るくなった。

だが、辰平の気持ちを察したか、すぐに表情を消した。

しばし瞑目した辰平が、

「その前に次郎平様にお願いがございます。それがし、お杏様を生涯の伴侶《はんりょ》とい

たしとうございます。お許し願えませぬか」

と次郎平の顔を正視した。

会釈した次郎平の視線が娘に行った。

「お父っつぁん、私の気持ちは何年も前から変わりません。お許しください」

「博多を出るときから覚悟はしてきました。されど娘の口から直に聞かされると寂しいものですな」

しみじみとした次郎平の声が座敷に響いた。

「次郎平様の父親の寂しさは別において、松平様、箱崎屋様、婚儀が整うたこと祝着至極に存じます」

今津屋吉右衛門の言葉で座が一気に和んだ。

「有難うございます、今津屋さん」

次郎平が吉右衛門に礼を述べ、喜内とお稲も一つ緊張を解いた表情を見せた。

「さあて、松平辰平どの、最前の返答はいかがかな。御三家紀伊様からそなたに仕官の申し出があること、すでに坂崎どのから聞かされておる」

黒田の再度の問いに辰平の視線が磐音を見た。

磐音の顔は、なんでも素直に尋ねよと言っていた。

「吉田久兵衛様は、なぜそれがしに仕官の声をかけてくだされたのでございましようか」

黒田は返答に窮した。江戸家老の黒田はその理由を聞かされていなかったからだ。そこで磐音が代わって答えた。

「それがしに宛てられた書状には、そなたの有為の才と落ち着いた言動と気性、剣術に対するひたむきな熱情は、福岡藩士の範たるに価するものである、と認めてあった。二つ目には、箱崎屋の身内の心情を察したとき、少しでも福岡に繋がりがある身分のほうが箱崎屋の気持ちも和らごうと記してあった。久兵衛様は、そなたの才と箱崎屋どのの親心を察して、そなたを福岡藩に推挙なされようとしておられるのじゃ」

辰平を除き、一同が磐音の説明に頷き、お杏が微笑んだ。

「やはり年寄りのお節介にございましたな」

保恵が呟いた。

「それがし、坂崎磐音様の門弟であるゆえに過分の評価を得ております。それがしに、その重責、務まりましょうか」

「大名家の奉公がどのようなものであれ、十分に務められるよう、おこんと二人で躾《しつ》けてきたつもりじゃ。そなたなら吉田久兵衛様のお心遣いを無駄にするようなことはあるまい。松平辰平どのにはそれがしの失態を繰り返してほしくないでな」

「坂崎磐音様はなに一つ失態などなされておりませぬ。それが証《あかし》に、豊後関前藩と未だ繋がりをお持ちです、藩主福坂実高《さねたか》様と深い信頼にて結ばれておられます。それればかりか、領内の産物を海路で江戸に運び込むという商いの道を開かれ、関前藩財政再建の礎《いしずえ》を築かれました」

辰平の言葉に吉右衛門、次郎平、由蔵が大きく頷いた。

「若先生、紀伊様にはどう返答を申せばようございますか」

「そのことならば、それがしに任せなされ」

しばし沈思した辰平が磐音に平伏して、

「お願い申します」

と言い切った。

座になんとも言われぬ安堵の雰囲気が流れた。

辰平が頭を上げて、黒田と保恵を見た。

「一つだけ、お二方にお願いの儀がございます」

「緑高かな」

「いえ、そのようなことは考えたこともございません。この場のご一統様、ご存じのことにございます。尚武館佐々木道場時代から、若先生をはじめわれらは老中田沼意次様、嫡子の若年寄意知様と暗闘を繰り返して参りました。ご一統様にはそれぞれ、この戦いについてのお立場やお考えがあろうかと存じます。それがしは、西の丸徳川家基様が田沼一派の手により暗殺されたとの知らせを旅先で聞かされました。今なお忘れようとしても忘れることができません。その家基様の死に、佐々木玲圓先生と内儀のおえい様が殉じられました。そして、尚武館が取り潰され、若先生とおこん様は江戸を追われました。それがし、筑前博多から豊後関前を経て、朋友重富利次郎が滞在していた土佐に参り、二人いっしょに紀伊領内に潜んでおられるという若先生方の漠たる報《しら》せを頼りに探しました。されど高野山は奥深うございます。探しあぐねておるときに、若先生に同道していた霧子と出会《あ》うたのでございます」

この場に在る者が最前磐音から聞かされたのと同じ話だった。だが、磐音と辰平では立場が違った。

その場に再び、緊張が漂った。

「かの地でも、田沼意次様の愛妾《あいしょう》であったおすな様を戴く一党との戦いがございました。戦の中で多くの方々が亡くなり、怪我を負われました。かようなことは話し始めればきりがございません」

辰平はしばし間を置いた。

「この場のご一統様に申し上げます。老中田沼意次様、若年寄田沼意知様父子との戦いに決着をつける場に、それがしも命を賭して参戦するという一事にございます。もしそのことが福岡藩黒田家への仕官の妨げになるようならば、最前の話はなしにしていただきたく存じます」

辰平の気迫の籠った一語一語に一座が聞き入り、しばし沈黙が支配した。

「辰平様、仕官の口は別にして、お杏とのことも田沼様との決着がつくまで待たれるということでございますな」

「次郎平様、申し訳なく思うております。お杏様には昨日、それがしの産土神《うぶすながみ》の湯島天神の拝殿前にて忌憚ない考えを伝えてございます」

「して、お杏の返答はいかがでしたかな」

辰平がお杏を見た。

「お父っつぁん、私が心に決めたお方は一人です。どのようなことがあろうと、ご一緒します。辰平様が師と仰ぎ、姉と思う坂崎磐音様とおこん様という手本が私の前におられます。迷ったときはお二人に相談いたします」

次郎平が大きく頷き、

「さあて、吉田久兵衛様の申し出にどう応えたものでしょうかな」

と呟いた。

「ご一統様、父が福岡よりそれがしに宛てて書き送った書状が懐にございます。松平辰平どのが筑前福岡藩黒田家に仕官いたす所存ならば、福岡城下に入らせ、城代組に配せよとの言葉がございました。福岡藩黒田家の城代組は、士分ながら十四石四人扶持ほどにございます。父はまたこうも記して参りました。されど辰平どのは、田沼意次様、意知様父子との決着ののちに仕官を賜《たまわ》りたいと申すはず、そうでなければ隠居したわしが推挙する意味もない、と付記してありました」

「久兵衛様は、松平辰平どのの内諾を得たら、待てと仰せか。保恵」

「いかにもさようでございます」

「田沼意次様、意知様の権勢は絶頂にございますな。江戸に参りましてな、子らのわらべ歌に『田沼様にはおよびもないが、せめてなりたや公方様』と歌われているのを聞きました。田沼様父子の威勢はいつまで続くのでございましょうか」

次郎平が独白するように訊いた。

だが、だれも応えられなかった。

「坂崎様は、何年にもわたり田沼様と幾多の戦いを繰り返してこられました。研ぎ澄まされた剣術家の想念はどう見ておられますか」

「由蔵どの、難しい問いにございますな。政《まつりごと》の全権を掌握されたお方の凋落《ちょうらく》は、気配もなく訪れることを、いくつかの出来事が教えております」

「驕《おご》る平家は久しからず」

由蔵が呟いた。

その呟きに頷いた磐音が、

「ただし神田橋の主様と木挽町の若年寄様になにか凋落の兆しがあるかと尋ねられれば、ございます、とは答え難い。それがし、なんの材料も持ち合わせておりませぬ」

と応えながらも、なにか漠然としたかたちにならぬものが押し寄せているのを磐音は感じていた。

「坂崎様、私どもの立場から申しますと、米の値上がりが激しゅうございます。浅間山《あさまやま》の大噴火に始まる飢饉《ききん》が諸々の値を押し上げております。田沼様がなんぞ有効な手を打たれなければ、この江戸で大規模な打ち壊しが始まりましょう。となれば、老中首座の田沼様は否応《いやおう》なく権力の座から引きずりおろされます」

江戸の金融界の元締めの吉右衛門が言った。

磐音はそのようなかたちでの決着は望んでいなかった。

家基の、玲圓の、おえいの仇を討つことが決着だった。

「吉右衛門様、天明の大飢饉が田沼様の力を削ぐのか、それがしにはなんとも言い切れませぬ。ともあれ辰平どの、お杏どの、あと半年、一年と言えぬのが心苦しゅうござる。そもそも、それ以前にそれがしの戦いに辰平どのや利次郎どのを巻き込んだことにこの坂崎磐音、大いなる責めを感じており申す」

「若先生、それがしも佐々木玲圓先生の門弟の一人にございます」

辰平の潔《いさぎよ》い言葉に頷いた磐音が、

「お杏どの、それでも辰平どのの支えになってくだされようか」

と問うた。

「はい。杏の気持ちはどのようなことがあろうと変わりませぬ」

磐音がお杏の言葉に頷き、

「ご一統様、長らく茶一杯でご辛抱願いました。お詫び申します」

と謝ると、おこんに目顔で膳を運んでくるよう命じた。

四

一の膳に主菜の鯛の造り、霜降りにした初鰹、赤貝とわけぎの酢和《すあ》えが彩りよく並び、二の膳には小松菜のおひたし、一口茄子の南蛮煮、蛤の澄まし汁と香の物三種に山椒の葉を散らした筍ご飯があった。

磐音が接待方のおこんに眼で合図すると、

「箱崎屋次郎平様、お杏さん、よう江戸に参られました。私ども、首を長くしてお待ちしておりました。博多逗留中のお世話には至りませぬが、今津屋さんの女衆の手伝いもあっての江戸風味にございます。もはやこの場は知り合いばかり、初対面のお方はおられませぬ。ゆえになんの気兼ねなく、どなた様もゆるゆるとお過ごしください」

とおこんが挨拶した。そして、

「最初の一献《いっこん》は私にお酌をさせてくださいませ」

と黒田敬高、吉田保恵、松平喜内、次郎平、吉右衛門、由蔵と次々に注いでい

き、末席近くに座した辰平の酒器を満たそうとすると、

「おこん様、お蔭さまで念願叶いましてこの日を迎えることができました。お礼の申しようもございません」

と辰平が礼を述べ、頷き返したおこんが改めて祝意で応じると、

「有難うございます」

おこんの酌を受けた辰平がその盃を膳に置いた。

「おこん様、お席に着いてくださいまし。福岡藩黒田家の仕来《しきた》りとはいささか違うやもしれませぬが、それがしがこのあとの皆様の盃のお酌をしとうございます」

と願った辰平の気持ちを察したおこんが銚子を預けた。

「不束者《ふつつかもの》の酌、粗相《そそう》の段はお許しくだされ」

と許しを乞うた辰平がまずお佐紀の前に座し、

「お佐紀様、お気遣いの数々、有難うございました」

と料理の素材や女衆を派遣してくれた気遣いに応えた。

「辰平様の顔がいつもと違い、綻びっ放しですよ。お杏さんとお会いできてよかったですね。おめでとうございます」

頷き返したお佐紀の隣にはお杏が座していた。

「お杏さん、それがしの酌を受けてもらえますか」

「辰平様、殿方に、それもお武家様に酌をしていただくなど、杏は罰が当たります」

「郷《ごう》に入《い》っては郷に従え、小梅村流とご理解ください。罰が当たるときはこの辰平もご一緒します」

頷き返すお杏の盃を持つ手が震え、瞼《まぶた》が潤んだ。

「頂戴いたします」

なんとか涙を見せることを堪えたお杏が上気した顔で受け、辰平は会釈したあと、母親のお稲の前に移ると銚子を差し出し、

「母上には長いこと騙《だま》されて参りました」

「お杏さんと文を交わしていたことですか」

「いかにもさようです」

ふっふっふ、と微笑んだお稲が、

「辰平、そなたは幼い頃から、疑うことを知らぬ優しい子にございました。そなたにお杏さんは勿体ない娘御です。これからはお杏さん専一に大切になされま

せ」

「はい」

素直に答えた辰平が次に酌をするのはおこんだった。

「松平辰平は、女子を見る眼をおこん様に教えられました」

「まあまあ、どう応えればよいのか。私どもは幾多の苦難を共にしてきた身内にございます。今また新たな身内を迎え入れることができました。こんもこれ以上の喜びはございませんよ」

はい、と応えた辰平が最後に磐音の前に姿勢を改めて座し、

「若先生、それがしの気持ちにございます、お受けください」

と最後に師に酌をした。そして、辰平が席に戻ると、

「松平様、箱崎屋様、ご一統様、この場が新たなる絆とならんことを願いまして、乾杯」

との磐音の音頭で一同が酒を干した。

「ふうっ」

と息を吐いた黒田敬高が、

「たしかに筑前の黒田家の酒席のもてなしとは違う。じゃが、坂崎磐音どのの薫

陶を受けた松平辰平どの、なんとも爽やか自在流の接待ぶりかな。道理で博多小町のお杏さんが惚れたはずじゃ」

と正直な気持ちを思わず洩らしたので座が急に和んだ。

「この膳はおこん様の献立ですか」

「次郎平様、私は江戸の深川生まれの町娘にございます。かようなことはすべて今津屋さんの奉公で躾けられ、磐音様に嫁ぐ折り、幕府の奏者番を務めておられます速水左近様の養女として一時《いっとき》、速水家で武家作法を習いました。ゆえに私の接待は、江戸の武家風でも町屋風でもないかと存じます。旬のものを、温かいものは温かいうちに、冷たいものは冷たいうちに食してくださいまし。酒《ささ》は今津屋さんから頂戴した四斗樽がございます」

と受けて、

「いやはや、眼に艶《あで》やかにして実に美味しそうにございますな。この次郎平、魚は玄界灘《げんかいなだ》のものがいちばんと思うてきましたが、この鯛の美味しそうなこと、頂戴します」

と箸《はし》を付けた次郎平が、

「さすがは江戸の鯛、上々の味にございます」

「本日、江戸の内海で獲《と》れた鯛で、早船にて魚河岸に運ばれたものにございます」

「いや、この初鰹もなんともよいお味です」

とお稲が嘆声を上げ、一段と座が賑やかになった。

喜内が吉田保恵に酒を注ぎ、

「過日、下城の折り、大手御門で吉田様に声をかけられ、はて、それがし、黒田家と関わりがあったかといささか訝しゅう思いましたが、本日氷解いたしました。それもこれも坂崎磐音様、おこん様が縁を取り結んでこられたお蔭にござる。わが倅もわれらもその御加護にて黒田家と縁が結べるやもしれませぬ。加えて、それがしまでかように小梅村で同席して酒を戴くなど、これ以上の冥利《みょうり》はございません」

「おまえ様、部屋住みの辰平がかようなお歴々と同じ席で酒を頂戴するなど、努々《ゆめゆめ》考えもつかぬことでございました」

「稲、この先、どのような試練が若い二人に襲いかかろうとも坂崎磐音様、おこん様の二人が見守ってくださるわ」

「いかにもさようでございますね」

と夫婦が笑みを交わし合い、そのかたわらではお杏がお佐紀とおこんと談笑していた。

「箱崎屋、正直驚かされた」

黒田敬高が嘆息した。

「なにがでございますな、黒田様」

「考えてもみよ。江戸の両替屋行司と西国博多の大商人の主二人が同席する宴など初めてのことじゃ。保恵、これからわれら、参勤交代やら長崎在番の折りの資金の調達に苦労せずに済むやもしれぬな」

筑前福岡藩黒田家の江戸家老が思わず本音を洩らした。

「ご家老、それとこれとは別にございます。われらが見倣《みなら》うべきは坂崎磐音様の居眠り流の生き方にございます。欲をかかず金銭を追わずの心情ゆえ、数多《あまた》の人材が集まってこられるのです」

「黒田様、この小梅村の主どのは、豊後関前藩の財政改革の立役者にございましてな、刀をお捨てになっても必ずや一廉《ひとかど》の商人になり得るお方です。それもこれも吉田様の仰せのとおり、集まってこられる人を大事になさるがゆえのことでございます」

今津屋の老分番頭が言い、次郎平が得心したように何度も頷いた。

「松平辰平どの、よき師を持たれたな」

しみじみした言葉を洩らしたのは吉田保恵だ。

小梅村の宴は晩春の夕暮れへとゆるゆると移り、いつ果てるともなく続いていった。


宴が果てたとき、五つ半（午後九時）の刻限だった。

この夜、箱崎屋次郎平とお杏は小梅村の坂崎家に泊まることになった。そこでまず福岡藩江戸家老黒田敬高と中老吉田保恵が辞去するのを磐音と辰平が船着場まで見送り、道場で待機していた平林豹助が黒田家の家臣たちを代表して、

「坂崎様、われらにまで夕餉と酒をお気遣いいただき、恐縮至極にございます」

と礼を述べるのを聞いた保恵は、

（父が心服した坂崎磐音はかようにも心遣いの士か）

と密かに感服した。だが、黒田は、

「豹助、そなたら、従者の分際《ぶんざい》を心得ておらぬのか。当然辞退したであろうな」

と厳しく糾《ただ》した。

「いえ、それが」

「愚か者が」

と怒鳴る黒田を、

「ご家老、坂崎家の仕来りに従うたのです。今宵はお許しくだされ」

と保恵が執《と》り成して、待たせていた屋形船にいささか酩酊《めいてい》した黒田を早々に乗せた。

「坂崎様、辰平どの、次は稽古の刻限にお邪魔します」

船上から保恵が挨拶して、船着場から屋形船が離れた。

続いて今津屋吉右衛門、お佐紀夫婦と由蔵の三人が、待たせていた川清の小吉の屋根船に松平喜内とお稲の夫婦を乗せ、

「松平様とお内儀様は稲荷小路近くまでお送りしますでな」

と由蔵が磐音に言った。

「お願い申します」

「お杏さん、辰平、お二人によき日でしたか」

と船からお稲が今宵の主役に尋ねると、

「母上、むろんです」

「お稲様、杏は江戸に出てきた甲斐がございました」

と若い二人が言い、五人を乗せた小吉の屋根船が船着場を離れた。

「次は次郎平様とわが屋敷においでください」

「必ずそういたします」

お稲とお杏が別れの言葉を交わして屋根船が隅田川へと出ていった。そのあとを尚武館の猪牙舟に利次郎、田丸輝信、神原辰之助が乗って、屋根船に従おうとした。

田沼一党との暗闘の最中だ。

三人は、何事もないように神田川まで小吉の船の警護方を自らの意思で務めようとしていた。

「すまぬ。それがしの役をそなたらにさせてしもうて」

そんな仲間三人に辰平が頭を下げた。

「よいよい、辰平。この貸しはそのうち倍にして返してもらおう」

輝信が応じて、櫓を握った利次郎が、

「輝信、そなたがお杏さんのような見目麗しい女子を小梅村に連れてくることがあろうか」

と口を挟んだ。

「利次郎さん、それは酷な言いようです。輝信さんはすべてを諦めておられるのですからね。古傷に触れるようなことはいけません」

「辰之助、だれが何を諦めておるというのだ」

「女も仕官も」

「煩《うるさ》い」

と賑やかに言い合いながら、利次郎の漕ぐ猪牙舟が小吉の屋根船を追って消えた。

宴の席はすっかり片付き、おこんが次郎平に茶を新たに淹《い》れてきた。

「おこん様、このとおり礼を申します」

次郎平が大仕事を終えた親の顔でおこんに礼を述べるところに、磐音、辰平、お杏の三人が戻ってきた。

「おまえ様方にも茶を淹れましょうね」

と言うところに早苗が三人分の茶を運んできた。

「早苗さん、遅くまですまぬ」

辰平が言葉をかけると、頷いた早苗が一瞬迷った様子を見せ、

「辰平様、お祝い申し上げます」

と恥ずかしそうに言った。そして、お杏にも会釈してその場から消えた。

「心持ちのよい坂崎家でございますな」

次郎平が言う言葉に疲れが見えた。

「お疲れになられたでしょう」

「いいえ、温かいおもてなしに、私ども親子、感激しております」

と答えた次郎平が、

「私の江戸での大仕事がこれで一つ片付きました。あとは商いの話があれこれと、十日から半月ほどかかりましょう。その頃、うちの船が江戸に着きますので、それに同乗して海路博多に戻ります」

「お杏様もですね」

「坂崎様、おこん様、そのことでご相談がございます。福岡藩黒田家の仕官は先様が求められたことです。辰平様、なにもそなた様が気にかけることはございません。ですが、町屋育ちのお杏が武家方に嫁ぐとなると、武家方の作法仕来りを覚える要がございましょう。ここは町屋からお武家様の坂崎様に嫁がれたおこん

様のお知恵を拝借したいのですがな」

次郎平の言葉にお杏も頷いた。

「次郎平様の御用にお杏さんも同行なされますか」

「いえ、今津屋さん方と相談しましてな、江戸に箱崎屋のお店を出すのが主な用件です。お杏がいても致し方ないものです」

「それでは明日から用件を済まされるまでの間、お杏さんはうちでお暮らしになってはいかがでしょう。うちは武家方とはいえ、一風変わった家風にございます。門弟には御三家の家臣から大名家の殿様、幕閣の要人もおられます。もし私どもで足りぬ場合は、お杏さんが武家方の作法見習いをなす屋敷を探します」

「おこん様、私はおこん様のお傍《そば》で行儀見習いができるならば、これ以上の望みはございません。辰平様、それではなりませぬか」

「いえ、それがしにはなんの不足も、いえ、不足どころかそのほうが嬉しいかぎりです」

「おまえ様、私に務まりましょうか」

おこんが磐音に尋ねた。

「辰平どののもお杏どのも明日から福岡藩江戸藩邸に奉公し、長屋に住まいするということではない。ならば先々のことをただ今案じても致し方あるまい。ご奉公が決まった折りには、二人してだんだんと黒田家の家風に慣れていくことじゃ。最前そなたが言うたように、うちで足りぬならば、行儀見習いを受け入れてくれる大名家はないわけではなかろう。だがな、お杏どのが箱崎屋の娘御であることに変わりはなし、堅苦しい武家奉公を覚える要はあるまい。辰平どのは辰平どののままに、お杏どのはお杏どのの育ちのままに生きていかれるのがよかろうと思う。次郎平様、いかがにございますか」

次郎平がぴしゃりと膝を叩き、

「これ以上の望みはございませんよ。どうです、お杏」

「ほっといたしました」

と応えたお杏が、

「磐音様、おこん様、杏をしっかりと躾けてくださいませ」

と頭を下げた。

「お任せください」

とおこんが応じ、次郎平が、

「お杏、あれを」

と娘に命じた。

お杏が今宵の二人の寝間に当てられた座敷に下がっていった。

「船で土産を送らせましたゆえ、傷《いた》むものは持参できませんでした」

「土産など心遣いなされなくともようございましたのに」

おこんが言うところにお杏が両手に抱えてきたのは、箱でも包んであるかのような大風呂敷だった。お杏が解き、細長い異国製の革貼りの箱を父親に渡した。

「坂崎様、まずこれを」

と蓋を開けて見せた。

そこにはなんとも精緻《せいち》な遠眼鏡《とおめがね》と虫眼鏡が入っていた。

「おお、遠眼鏡は長崎を訪ねた折りに見たことがございますが、これほど精緻なものは初めてです」

磐音は虫眼鏡を手にして掌を見詰めた。

「なんと、細かい皺《しわ》まで見えるぞ、おこん」

「おこん様にはこちらを」

とお杏が取り出したのは桟留縞《さんとめじま》と思える天竺織《てんじくおり》の布であった。そして、もう一つの平たい革製の箱には鼈甲《べっこう》の櫛笄《くしこうがい》があり、簪《かんざし》には安南《アンナン》国産の珊瑚《さんご》玉《だま》や瑪瑙《めのう》が飾られて光っていた。

「なんと美しいものでございましょう」

「さすがは異国との付き合いのある箱崎屋どのの土産、われらには勿体ないものばかりじゃ」

と磐音が嘆息し、辰平が、

「おこん様、珊瑚玉の飾り簪、髷《まげ》にお挿しになったらいかがです」

とおこんに勧めた。

「いえ、明日明るいところで髪に挿しとうございます」

おこんが大切そうに桟留縞と装飾品を膝に置いた。

お杏が再び寝間に戻り、刀袋を両手に捧げ持ってきた。

「辰平様にはお体に合う刀を父が探してくれました」

とお杏が説明し、次郎平が言い添えた。

「この一剣、異国に流れていた刀を唐人が博多に持ち込んだものにございます。城下の研ぎ師に手入れをさせてございます」

お杏が差し出した一剣を両手で受けた辰平が刀袋の紐《ひも》を解いて、袋を下げると、柄《つか》が覗いた。

鵐目《しとどめ》金具に鮫皮、廉乗作《れんじょう》の絵柄尽くし図、撫角型《なでかく》の鍔《つば》が嵌《はま》った一剣であった。造りから見てそれなりの業物《わざもの》と思えた。

柄と同じ鮫皮の鞘《さや》を静かに辰平は払った。

その瞬間、ぞくりと寒気が奔るほどの刃が姿を見せた。

刃渡り二尺六寸（七十八センチ）余か、長身の辰平にはなんとも長さがよかった。

反《そ》りは九分、地鉄杢目《じがねもくめ》が美しく、刃文《はもん》は細い直刃《すぐは》に小足《こあし》が入っていた。

なんとも太刀姿がよかった。

「先生、それがしには分不相応な刀にございます」

「拝見しよう」

磐音が辰平から抜き身を受け取ると、ずしりとした重さが手に伝わってきた。

しばし京物のような優美な刃文に見入った磐音が、

ふうっ

と息を吐いて、

「次郎平様、それがしの故郷、豊後国の僧、定秀《さだひで》の鍛造《たんぞう》と見ましたが、いかがですか」

磐音の知識では英彦山《ひこさん》三千坊の学頭だったゆえに『豊後国僧定秀作』とか『定秀作』とか銘を刻んだ。豊後国行平の父にあたる。

「さすがは坂崎様にございますな。豊後の鍛冶《かじ》が鍛えた刀が百余年以上も異郷をさ迷い、私どもの手に入ったのもなにかの縁、辰平様への手土産にございます」

辰平は次郎平の言葉も耳に入らぬ様子で首を横に振って、

「刀の格がそれがしより数段上にございます」

と洩らした。

「辰平どの、刀の格が上ならば、使い手がそれに合わせる修行をなせばよいことじゃ。よい土産を頂戴なされた。僧定秀を遣い切る剣術家になりなされ」

と磐音が辰平を諭した。

第五章　老武者の妄念

一

明け六つ（午前六時）の刻限、道場内に熱気が漂い、気合いが飛び交い、木刀や竹刀が絡み合う音が絶えず響いていた。

尚武館坂崎道場に箱崎屋次郎平とお杏が入るのは初めてのことだった。

見所には一人の武家が座し、稽古を見物していた。

その武家に会釈した次郎平とお杏がどこに座ったものやらと迷いながらも、まず神棚に一礼すると、武家が手招きした。

「箱崎屋次郎平と娘御じゃな。こちらに参られよ」

と自らのかたわらを指した。

「宜しいのでございますか」

「ここのほうが松平辰平どのの稽古はよう見えよう」

と訳知り顔でさらに言った。

「はっ、はい」

それでも武家でない者がと次郎平が迷っていると、

「それがし、速水左近と申す。遠慮は無用じゃ」

武家が磊落《らいらく》な口調で言った。

なんと将軍家治の御《お》側《そば》御《ご》用取次《ようとりつぎ》を務め、ただ今は奏者番の職にある幕閣の要人がさらに差し招いたのだ。

次郎平とお杏が怖《お》ず怖《お》ずと見所に上がると、季助が二人に座布団を運んできた。

「恐れ入ります」

ようやく見所に座り、稽古を眺める落ち着きを取り戻した親子に、

「遠路はるばるよう江戸に出て参られたな。そなたのような大商人が江戸に進出するのは江戸の商いが大いに活気づくことになり、悦ばしいことと存ずる」

速水左近が次郎平の江戸訪問の目的をあっさりと指摘した。

「速水様、お耳が早うございますな」

「遅うては、どなたかの命《めい》で島流しに遭うでな」

速水は応じると、からからと笑った。

「辰平様があそこに」

お杏がようやく辰平の姿を認め、呟いた。

「辰平どのに稽古を付けてもろうておるのは、それがしの倅でござってな」

「速水様のご子息様が尚武館の門弟でございますか」

「それがしと尚武館とは先代以来の仲じゃ。ゆえに倅二人も坂崎磐音どのの門弟の端くれにござる」

「あれ、辰平様が叩かれました」

「ふっふっふ、叩かれたのではない、叩かせたのだ。右近に面打ちの踏み込みと呼吸を会得させようと、わざとああしておるのじゃ」

「辰平様は本気ではないのでございますか」

「指導は本気じゃが、力は三分と出しておるまい。近々、この尚武館坂崎道場が主催して若手剣術家による対抗戦を行うでな。辰平どのがわが次男にああして指導をしておるところじゃ」

と速水が箱崎屋親子に説明し、

「あれ、また叩かれなさいました」

とお杏が思わず呟いた。

右近は辰平の胴を抜いたことで気をよくしたか、

「辰平様、父のかたわらに座っておられる女性《にょしょう》が皆の噂するお杏さんですね」

と囁いた途端、辰平に体をぶつけられ、後ろに一間半ほど飛ばされた。

「速水右近どの、気が散っておられますぞ」

「はっ、申し訳ございません」

右近が慌てて床に平伏して立ち上がった。そして、竹刀を構えた途端に辰平の攻めが始まり、右近は必死の受けに回りながら打開の機を窺ったが、道場の羽目板まで押し込まれた。なんとか回り込みつつ反撃に出ようとするところを、
がつん
と竹刀で脳天を強か叩かれ、くたくたとその場に崩れ落ちた。

「あれ、大変」

「な、見られたか。辰平どのが本気を出されると、わが倅などあの体たらくにござるよ」

速水左近が苦笑いした。

「私は松平辰平様の剣術稽古を初めて拝見します。昨日お目にかかった折りとはまるで違った雰囲気にございますな」

「箱崎屋、商人でもなんでもふだんと違うた場に座らされては手も足も出まい。尚武館坂崎道場は松平辰平の修行の場である。年余の武者修行を経て師匠のもとで修羅場《しゅらば》を潜ってきておる。磐音どのが自ら手掛けた弟子の内でも伸び盛りの剣術家よ。だが、そなたら親子の前では武張《ぶば》った行動は捨てて、別人になるしかあるまい。男子はだれも惚れた娘の親の前では無言でいるしか策はないわ」

「やめ！」

の声がかかった。

見所とは反対側の隅で羽田六平太と逸見源造に稽古をつけていた磐音の声だった。

住み込み門弟に幾人かの通いの門弟が加わり、二十余人ほどが壁際に下がった。

「利次郎どの、辰平どのと稽古をなしては」

磐音が二人に誘いかけた。

辰平と利次郎は速水左近が言うように坂崎磐音が手塩にかけた門弟だった。玲圓時代からの依田鐘四郎ら先輩門弟は何人か残っていたが、心技体ともに抜きん出ているのはこの二人だった。

門弟の間では近頃、

「尚武館坂崎道場の関羽と張飛」

と呼ばれ、甲乙付け難い二人といえた。

「辰平どの、利次郎どの、共に身辺忙しゅうて己の稽古に専念できなかったのではござらぬか。存分にこの場で発揮なされ」

「はっ」

と師の言葉に畏まった二人が、

「木刀か竹刀か」

「竹刀でよかろう。辰平に怪我をさせてはどなたかに申し訳ない」

「利次郎、道場ではさような雑言《ぞうごん》雑念は許されぬ。木刀で参れ」

と辰平が決め、それぞれが手に馴染んだ木刀を取った。

二人の身丈は、今では六尺二寸余まで伸びていたが、胸板や腰回りは利次郎のほうが上回っていた。手にした木刀も辰平が赤樫《あかがし》、利次郎のそれは枇杷《びわ》材《ざい》だった。

木刀での稽古とあって磬音が審判方で立ち合い、再び向き合った二人が木刀を相正眼に付け合った。

間合いは一間。

互いが視線を交わらせながら息を整えた。

先《せん》をとったのは利次郎だ。

踏み込みざまに正眼の木刀を伸ばして、面を打った。それを引き付けて弾いた辰平の木刀と弾かれた利次郎の木刀が、二人の間の狭い空間で目まぐるしくぶつかり合い、乾いた音を響かせた。

お互い後退しようとはせず、その場で足を踏みかえつつ攻め合った。守りに入るか後ろに下がれば相手の攻めを受ける。下がったほうが一本取られることを承知していた。

緩やかに右回りに回り込みながら赤樫と枇杷の木刀がぶつかり合い、二人の手にしびれが走った。

だが、二人とも大きな体を利しつつ長い手を巧妙に使って相手の隙を突こうとした。相手もまた引き下がろうとはせず、二本の木刀それ自体が意志ある生き物のように、次から次へと技を繰り出していた。

「こりゃ、久しぶりの見物たいね」

と思わず小田平助が呟き、遅れて稽古に加わった依田鐘四郎が、

「辰平、利次郎双方の意地の張り合いかな」

「辰平さんは平常心の守り、利次郎さんは積極果敢の攻めが真骨頂ばってん、本日は二人して真骨頂を捨ててござるたい」

「いや、ふだんの攻めと守りを乗り越えての戦いじゃな」

「こりゃなかなか決着つかんばい」

と言い合った。

「兄者《あにじゃ》、辰平様がかような形相《ぎょうそう》をなされたことがあるか」

右近が兄の杢之助に訊いた。

「ない」

「お杏さんが見ておられるからか」

「違うな、だれが見ておろうと関わりがない。お二人は技量のすべてを出し尽くしてねじ伏せようとなさっておられるのだ」

速水兄弟の会話に設楽小太郎が、

「お二人はわれらに剣術の真《まこと》を見せておられるのだ。そうに違いない」

と眼を二人の戦いに釘付けにしながらも話に加わった。

「おお、そうか。火の出るような立ち合いじゃな」

「われらに欠けておるものだ」

「身をもって教えておられる」

「ああ」

攻めが守りとなり、守りが攻めに転じて一瞬として動きが止まらない戦いが、大きく変わろうとしていた。

二人は打ち合いの中で互いの眼を窺い、利次郎は先手をとろうとし、辰平は後手で攻めようとしていた。

次の瞬間、二人が阿吽《あうん》の呼吸で間合いを開けつつ、互いの胴へと木刀を伸ばし合った。二人とも後退したわけではない。間合いを変えようとしただけだ。その間合いを変えるために、全身全霊を込めた一撃を出し合ったのだ。

びしり
という鈍い音が重なった。

「胴相打ち!」

という磐音の声が響いた。

二人がすいっと下がり、木刀を構え直した。

「ご両者、見事な攻守にござった。二人ともこのところ若手門弟の指導やら出稽古で己の稽古が疎《おろそ》かになっているのではないかと案じたが、それがしの杞憂《きゆう》であった。どれ一つとして手を抜いた攻めも守りもなかった。若い門弟の方々にはよき手本となろう」

磐音の言葉に、辰平と利次郎が面目を施して下がった。

この日、朝稽古が終わったあと、辰平は猪牙舟で箱崎屋次郎平とお杏を室町の筑前博多屋豪右衛門方に送っていくことになった。

次郎平は、江戸店を出すための店舗を見て回る用事やら他の商いのために、江戸の商人と会う務めに戻り、お杏は博多屋から小梅村に引き移るために身の回りの持ち物を取りにいくところだった。

猪牙舟には神原辰之助が手伝いのために同乗していた。

櫓は辰平が操っていた。

「お杏さん、尚武館の稽古をご覧になっていかがですか」

辰之助が訊いた。

「私は両眼を見開いては見られませんでした」

「えっ、辰平さんと利次郎さんの立ち合いも見なかったのですか」

「顔を覆った指の間から、ちらりと」

「少しは見られたのですね。どうですか、感想は」

「一度博多の浜で私が乱暴者に無体を受けようとした折り、辰平様が相手方を即座に懲《こ》らしめられたことがございます。剣術のことはよく分かりませんが、辰平様はあの折りよりも一回りも二回りも大きくなられたように思います」

「いやはや、今朝の稽古は驚きました。あの丁々発止はそうそう見られるものではございますまい。命を張って修行してこられた方だけが醸し出される迫力、真の力です」

と次郎平も感想を述べた。

「辰平様、利次郎様から叩かれた胴は痛くないのですか」

櫓を握る辰平の身をお杏が案じた。

「利次郎もそれがしも下腹に晒し布をきりりと巻き付けておりましたので、骨は折れてはおらぬと思います。ですが、利次郎は大力ゆえ、一瞬気を失いかけたほどの打撃でした。われらにとって打ち身、突き傷、切り傷の怪我は至極当たり前のことです。それでも当分、咳などするのは禁物です」

「呆れました」

お杏が言葉をなくした。

「お杏さん、お尋ねしてよいですか」

辰之助が話題を転じようとした。

「なんでございましょう、神原様」

「辰平さんのどこに惚れたのですか」

お杏が櫓を漕ぐ辰平を振り返った。それを見た辰之助が、

「おかしいですか」

と尋ね直した。

「いえ、おかしいなんて」

「大店のお嬢さんのお杏さんにはお分かりになりますまいが、直参旗本や御家人の次男三男は、屋敷で飯を食うにも三杯目にはそっと出すほどの身分、部屋住みという名の穀潰しです。ご時世柄、仕官の口などございません。ゆえにどこぞに婿入りするのが唯一の夢ですが、それとてそうそう転がっているわけでなし、生涯独り者がわれらの行く末です。辰平さんは武者修行に出て、お杏さんと知り合われたのですよね」

深刻な話だがそうは感じ取れなかった。辰之助の口調はどこか他人事のように聞こえたからだ。

「神原様は婿に行かれるのが望みなのですか」

「いけませんか」

と反問した辰之助が、

「ところがそのように旨い話はどこにも転がっておりません」

と繰り返した。

それを聞いたお杏は、江戸に来ていかに武家の姿が多いか、福岡の比ではないと悟っていた。

天明の大飢饉の最中、武家方の多くが貧しさという悩みを抱えて生きていることを、辰之助の言葉で改めて知らされた。

「神原様、私が辰平様に惹かれたのは、一筋に剣術に打ち込むお姿に対してです。剣術が上手くなり、お屋敷奉公がしたいとか、婿入りしたいとか一切考えておられませんでした」

「そうか、それがしに足りぬのはその一途さか」

辰之助の返答はあっけらかんとしていた。

「辰之助、それがしとてそなたと同じ悩みを感じて生きてきた者の一人だ。そして、そなたもそれがしも尚武館道場に救われた人間だ。金はなくとも好きな道に打ち込めれば、なんとか生きられよう。その先のことは若先生が考えてくださる。そう思わぬか」

「いかにもさようでした」

辰之助は、辰平とお杏が近々所帯を持つと予想していた。だが、福岡藩から仕官の申し出があったことは知らされていない。

辰平は、

「田沼一党との戦い」

に決着をつけることに今は専念すべきだと考えていた。

猪牙舟は大川の流れからいつしか日本橋川に入り、江戸の中心街を抜けていた。

「博多が私にとって一番の大きな城下にございました。こたび父と旅をして大坂、京、名古屋と巡り、福岡より賑やかな都があることを知りました。それにしても江戸はどこよりも大きいですね。まさかかように水路があちらこちらに張り巡らされて、大勢の人々が往来する都とは努々思いませんでした」

お杏が感想を述べ、

「お杏さん、いつまで江戸に滞在なさるのですか」

と辰之助がさらに話柄を転じた。

「お父っつぁんの御用が済み次第、うちの船で博多に帰ることになりそうです。船が江戸表に着くのは半月後ですよね」

「まあ、およその見当ではそうではあるが」

次郎平の返答には悩みが隠されていた。

お杏を博多に連れ帰るべきか、辰平とのことを考え、おこんのもとで武家奉公を務めさせるかの判断を迫られていた。

「よし、辰平さん、桜の季節は過ぎたけど、若先生とおこんさんに断り、お杏さんと若い連中で江戸見物に繰り出しませんか」

「それもいいな」

「気がない返事ですね。ああ、お杏さんと二人だけのほうがいいのですか」

「そのようなことは考えておらぬ」

行く手に日本橋が見えてきた。

「お杏さん、右手に見えるのが魚河岸です。昨日の馳走の魚も、今津屋の女衆が直にここから仕入れてこられたのです」

「なんと沢山の船ですこと」

「魚市場はどこも早朝が書き入れどきです。船も仲買人たちも今はだいぶ少なくなっています」

と辰平が説明し、

「次郎平様、日本橋北詰に舟を着けます。それがしが博多屋まで送って参ります」

と言い、猪牙舟を橋際に寄せ、

「辰之助、猪牙の番をしておれ」

と命じた。

二

辰平たちが猪牙舟で小梅村に戻ってきたのは八つ半（午後三時）の刻限だった。

辰平から報告を聞いた磐音は、

（事が動き始めたか）

と剣術家の直感で悟った。

いや、辰平が見送った箱崎屋次郎平一行になにかが降りかかったというわけではない。室町の福岡藩御用達の旅籠に立ち寄り、次郎平だけを博多屋に残した。お杏の身の回りのものを提げて、日本橋北詰にお杏とともに戻った辰平は、自分の判断で猪牙舟を楓川に廻し、弥助と霧子が見張りをしている本材木町の番小屋を訪れた。

だが、弥助も霧子もいなかった。番太の一造に訊くと、霧子は昨日の夕暮れから、そして、弥助は昨晩の四つ（午後十時）過ぎから出かけて番小屋に戻らないままだという。

「これまで二人して一夜明けることはあったか」

辰平が尋ねると、

「いえ、一人ひとりが時に二刻（四時間）ほど留守をすることはあっても、二人して一夜まるまるいなくなったのは初めてだ」

と一造が答えたという。

その話を辰平から聞いた磐音は、まず最前のような考え、事が動き始めたのではないかと思ったのだ。そこでしばし沈思した。やがて両眼を見開いた磐音は、

「辰平どの、どう思われる」

と尋ねた。

辰平がこの事実を知って小梅村に戻る舟上で、あれこれと考えてきたことを承知していたからだ。

「まず霧子と弥助様が行動を共にしているかどうかでございますが、あとから番小屋を出た弥助様は『霧子が戻ったら、夜明け前までには戻ると伝えてくれ』と一造どのに言い残しております。霧子の身を案じて弥助様があとを追ったとは思えません。二人はまず別々に動いていると考えられます」

「となると霧子はどこへ行ったと思われるな」

「一造どのは、夕餉の仕度をしていた霧子の姿が、気づいたときにはなかったと言っています。番小屋の裏から堀越しに、白河藩の江戸藩邸の表門が見えます。ゆえに霧子は屋敷から出た人物を追って出かけたと思えます」

「佐野善左衛門どのと思われるか」

「ならば霧子はなんらかのかたちで弥助様に伝え、弥助様は小梅村にその報告をなされるはずです」

「いかにもさようじゃ。となると霧子が尾行したのは、白河藩のご家来衆か出入りのだれか」

「はい」

「弥助どのはどこへ」

「こちらは、はっきりしているように思えます」

「白河藩邸に忍び込んだか」

「はい」

磐音もまた弥助は、白河藩江戸藩邸に匿われている佐野善左衛門の姿を確かめるために動いたと考えていた。

おそらく密偵の勘がなにかを告げ、弥助はそれに従い、磐音に無断で動いた、と考えられた。

「弥助様の気持ちを斟酌《しんしゃく》しますに、松平定信様の手前、若先生からお許しをもらうのは難しいと推量され、お叱りを覚悟の上で行動に移されたと思えます」

「それがしもそう思う」

「若先生、それがし独りで白河藩邸の周りを歩いて参りましたが、格別に緊迫した様子は感じられませんでした。弥助様は邸内で佐野様の姿を確かめておられるのだと思います。ただ今は日中ゆえ、弥助様が見張り所に戻ってこられるのは夜になってからでございましょう」

「辰平どの、このことを平助どのと利次郎どのに伝えてくれぬか。北八丁堀にもうひとつ別の見張り所を設けよう。詰めるのは辰平どの、利次郎どのとそれがしの三人。平助どのには小梅村にて待機してもらおう」

「承知しました」

と磐音の前から辞去しかけた辰平が、

「見張り所に心当たりがございますか」

「海賊橋《かいぞくばし》と新場橋《しんばばし》の間の西岸は船の溜まり場じゃ。あそこからなら本材木町の番小屋も白河藩邸の出入りも見通せよう。うちの猪牙舟に苫《とま》をかけて見張り所にしてはどうか」

「相分かりました。半刻もあれば猪牙舟を苫舟に替えられます」

と辰平が答えた。

「お杏どのにはいささか気の毒じゃが、ここはおこんに任せよう」

「承知しました」

辰平が母屋から道場へと走り戻っていった。

「おまえ様、なんぞ起こりましたか」

「おこん、急なことじゃが、辰平どのと利次郎どのを伴い、出かけることになった。お杏どのを頼む」

「畏まりました」

と二つ返事でおこんが受けるのへ、お杏が、

「坂崎様、私のことは心配なさらないでください。尚武館坂崎道場ではなにが起こっても不思議ではないということを、父からも聞かされております」

「うむ、これがわれらの日常《くらし》でな」

「おまえ様、形《なり》を変えられますか」

「そうじゃな、継《つ》ぎの当たったような古着はないか」

「継ぎの当たった小袖《こそで》はございませんが、しばらくお待ちください。無紋の黒小袖でだいぶ草臥《くたび》れたものがございます。袴も用意しますか」

「いや、着流しに菅笠《すげがさ》があればよい」

そんな夫婦の会話をお杏が眼を大きく見開いて聞いていた。

半刻後、苫屋根をかけた猪牙舟が大川の流れに乗って下っていた。船頭は六尺豊かな大男で、継ぎはぎだらけの縞木綿に股引《ももひき》を穿き、手拭いで頬被《ほおかぶ》りした上に破《や》れ笠を被っていた。

舳先にもう一人長身の侍が乗っていたが、こちらは御家人の次男坊が身を持ち崩した形で、ふしだらにも寝転んでいた。

「辰平、昔の放蕩《ほうとう》時代の辰平に戻ったようじゃな」

「そなたとて船頭姿がよう似合うておるわ」

「言うな。この形、霧子が見たらなんと言うかな」

「そのようなことを言うておるようでは、霧子に愛想を尽かされるぞ。霧子は雑賀衆下忍の出、どのような女子にもなりきる修行を積んでおるでな」

「辰平、お杏さんがそなたの形を見てびっくりしていたぞ」

「お杏さんにはわれらの本性をすべて見てもろうたほうがよい。というても、その形は酷い」

二人は言い合いながら大川を下り、新大橋を潜りぬけて右岸と中洲の間を行徳《ぎょうとく》河岸と箱崎町《はこざきちょう》を結ぶ崩橋《くずればし》へと向かった。

崩橋を抜けると日本橋川だ。

利次郎船頭は苫舟を鎧ノ渡しに向けた。

折りから小網町《こあみちょう》に向かって乗合客を満載した渡し船が横切っていく。

御城の方角に傾いた陽射しから推測して刻限は七つ半（午後五時）前か。

晩春の夕暮れにはまだ光が十分あった。

「若先生、楓川に猪牙を入れます」

利次郎船頭が言い、辰平が磬音に訊いた。

「それがし、番小屋を覗いて参りますか」

「いや、霧子であれ、弥助どのであれ、戻っておられれば、われらの苫舟から姿が見られよう」

「よし、ならばわすが舟を海賊橋の下を潜らせるだよ」

利次郎が答えながら、荷船が溜まる楓川の本材木町寄りへと苫舟を寄せた。

一家揃って船上で寝起きして暮らす船頭たちの荷船では、夕餉の仕度が始まっていた。乳飲み児を負ぶった船頭の女房のかたわらには猫が二匹いた。

「おおい、わすの苫舟をその隙間に止めさせてくれめいか」

「見ねえ顔だな。物を盗まれても難儀する。あっちに行きやがれ」

女が利次郎を手で乱暴に追い払った。

利次郎は何度も拒まれた末に、それでも新場橋際の西側になんとか苫舟を係留することができた。

「利次郎、おぬしが断られ続けたお蔭で、本材木町の木戸番小屋の後ろを見渡せる場所に着けられたぞ」

「おお、辰平、わすの狙いは端《はな》っからこの辺りだ」

利次郎が答え、辰平が舫い綱を杭に巻きつけた。

そのとき、本材木町の木戸番の番太一造が杖を突いて姿を見せ、釜の米を研《と》ぎ始めた。この様子から考えても、弥助も霧子も帰っていないようだった。

三人が楓川に苫舟を止めて四半刻も過ぎたか。番小屋の裏手でこんどは菜を造り始めた一造のところに、三人に馴染みの人物が不意に姿を見せた。

南町定廻り同心木下一郎太と小者だ。

「おや、木下の旦那」

と一造の声が風に乗って磐音の苫舟まで運ばれてきた。

「旦那じゃねえ、いくら声かけても返事がねえや。いくら木戸番小屋とはいえ不用心じゃねえか」

「最前から、菜を三人前作るかどうか案じていたもんでよ、つい声を聞き洩らしちまった。すまねえ」

「弥助さんと霧子さんはどこへ行ったえ」

「それが、昨夜から出かけたまま帰ってこないんだよ」

「なにっ」

「あの二人、帰ったかね」

「帰ったって、どこにだ」

「だから尚武館に」

「そんなことがあるか」

一郎太と一造の間で、辰平が磐音にもたらしたと同じ問答が繰り返され、一郎太が腕組みして思案した。

「よし、これから小梅村に参るぞ」

一郎太が小者に声をかけた。

「辰平どの」

「心得ました」

辰平は磐音の命を聞き取ると、猪牙舟から石段を駆け上がって河岸道を走り、新場橋を渡って木下一郎太を追っていった。

南茅場町《みなみかやばちょう》の大番屋から御用船を調達しようと考えた一郎太らに海賊橋際で追いついた辰平が声をかけると、一郎太が振り向いて、

「おや、辰平さんか。どうやら弥助さんと霧子さんの留守には曰くがありそうな」

と言いかけた。

辰平が手短に経緯を告げると、

「いささか案じられるな。されど若先生も出張《でば》っておられるか。ならばそれがしが口出しするのは遠慮しよう。なんぞあれば、いつでも八丁堀のわが屋敷に参られよ」

と一郎太が事情を呑み込んで言った。

さらに半刻が過ぎた頃、利次郎が楓川の東岸から新場橋を渡る霧子の姿を認めて、

「霧子」

と声を潜めて呼びかけた。

不意に足を止めた霧子が楓川の水上を眺め下ろし、苫舟の大男に眼を留めた。

利次郎が手招きする間もなく橋を渡り霧子が苫舟に乗り込んできた。

「霧子、若先生も出張っておられる」

霧子を苫の中に入れた。

「ご苦労であったな」

と霧子をまず労《ねぎら》った。

「一夜戻らなかったゆえ、師匠が小梅村に知らされましたか。ご心配をおかけいたしまして申し訳ございません」

霧子も詫びた。

「霧子、われらがかように出張ったのは、そなたが昨夜戻らなかったからだけではない。弥助どのもまた行方知れずなのだ。そなたの行き先を弥助どのは承知か」

「いえ、私があるお武家様一行をつけたことは承知でも、行き先までは」

「知らぬか。ならば弥助どのの忍び込まれた先はまず白河藩邸であろう」

うっ、と霧子が喉を詰まらせたような音を発した。

「弥助どののことはあとで考えよう。そなたはだれをつけたのだ」

「昨日、下城途中と思えるお武家様の一行が白河藩の屋敷に入られ、一刻半ほど屋敷内に留まり、出て行かれました。そこで師匠と相談し、私が身許を知るために跡をつけたのでございます」

「どなたであったな」

「本日ようやく四谷御門の土手通りのお屋敷にて大目付松平《まつだいら》対馬守《つしまのかみ》忠郷《ただ さと》様と分かりました」

「松平忠郷様は前職がたしか勘定奉行であられたな」

「はい」

「松平定信様と松平忠郷様は親類筋であろうか」

徳川幕府の中で松平姓の授与は忠誠功労の証として使われたため、無数の松平家が在った。それゆえ血筋が同じとは言い切れなかった。

「霧子、松平様の屋敷に忍び込んだか」

「許しもなく申し訳ありません」

「そなたらの務め、咄嗟の判断にて行動せねばならぬことがあろう。なぜ忍び込む気になったな」

「日が落ちて四谷御門土手通りを往来する人は滅多におりません。たとえいたとしても、お武家様にこの屋敷の主はだれかなどと訊けません。五つ（午後八時）過ぎの刻限、屋敷に訪ね人がございました。そこで思い切って忍び込んだのですが、屋敷内の警戒が厳しく、客と主が応対する書院へは近付けませんでした。来客は半刻ほどで帰られました。ゆえに私は考えを変え、来客をつけることにしたのです」

「こちらはどなたであったな」

「若年寄太田備後守資愛《おおたびんごのかみすけよし》様にございました」

「太田様はたしか遠江掛川《かけがわ》藩五万石の譜代大名であったな」

それだけしか磐音の知識はない。

松平定信、大目付松平忠郷、さらには若年寄太田資愛がどのような繋がりを持つのか、ただの趣味道楽の仲間の繋がりか、磐音には見当もつかなかった。

「その後再び土手通りのお屋敷に戻り、潜入を試みまして忍び込むには忍び込みましたが、最前よりも警戒が厳しく動くことすらできかねました。そこで夜明けを待ち、ようやく屋敷を抜け出て、御堀向こうの口入屋《くちいれや》にてなんとかお屋敷の主が大目付松平忠郷様と分かった次第です」

霧子の報告が終わった。

「ご苦労であったな」

磐音は改めて霧子の務めを労った。

「さて、残るは弥助どのじゃが、どうしたものか」

磐音の心は松平家の江戸屋敷に忍び込むか、待つかで揺れていた。

むろん弥助の身を案じてのことだった。

松平定信が佐野善左衛門を匿っているという推測は、一造の飲み仲間の証言で得られていた。弥助が松平邸に忍び込んだとしたら、佐野になぜ松平定信と関わりを持ったか問い質すためだろう。

松平定信を巡って大目付松平忠郷、若年寄太田資愛の関わりがなにか重要な意味を持つのか、ただの交友として見過ごすべきものなのか、それにより情況が変わってくると思った。

弥助は松平忠郷や太田資愛の来訪を知らなくとも、佐野善左衛門と松平定信の関わりをわずかでも摑もうと忍び込みを続けているのだ。

と同時に弥助の侵入は、磐音と松平定信の信頼関係を壊す可能性も秘めていた。

「若先生、今夜半に私が松平様のお屋敷に忍び込んでみます」

「そなたは昨晩から一睡もしておるまい。忍び込むかどうか、もうしばらく弥助どの帰りを待って見極めよう。それより苫の中で少しでも体を休めよ」

磐音は苫を霧子に譲り、利次郎が、

「霧子、腹は空いておらぬか。なんぞ求めてこようか」

と気にかけた。

「利次郎さん、ご心配なく。私は雑賀衆の育ちです。一日や二日眠らず食べ物を口にしなくとも大丈夫な体です」

「そうは言うが、そなたは最近まで二月も正気を失うておったではないか。無理は禁物じゃ」

利次郎が答えたところに辰平の言葉が響いた。

「蕎麦屋《そばや》、二八蕎麦を四つくれぬか」

辰平が河岸道を通りかかった二八蕎麦屋を呼びとめたのだ。

すでに晩春の宵闇《よいやみ》が迫っていた。

「へえ、六十四文は前払いで願います」

「食い逃げをする風体《ふうてい》と見たか」

と辰平が問いながら己の形を見て、

「たしかに用心をしたほうがいいな」

と石段を上がろうとした。すると、

「蕎麦屋、五杯にしてくれねえか。その前に貧乏徳利と茶碗を借りるぜ」

と声がして、酒と茶碗を持った弥助が石段の途中に止まった辰平を見下ろした。

いったん二八蕎麦屋を振り返った弥助が、蕎麦屋の手に二朱を載せた。

「師匠」

霧子が苫の中から顔を覗かせ、

「辰平さん、突っ立ってちゃあ、どうにもなるめえ」

と言いながら辰平を押し戻し、苫舟に五人が犇《ひし》めくように乗り込んだ。

「白河藩の屋敷に一日おられたか」

磐音が弥助に訊いた。

「若先生、霧子がいなくなったあと、矢も楯《たて》も堪らなくなって白河藩の屋敷に忍び込んだのでございますよ。ところが想像した以上にお屋敷の警備が厳しくて、動き回れませんでね。まあ、一昼夜我慢したせいで、一造の飲み仲間の証言どおり、佐野様が松平定信様の江戸屋敷に未だおられることだけは摑めました。遠目ながら、松平定信様と佐野様が対座しておられるところを見ることもできました。へえ、本日の松平定信様の下城は七つ（午後四時）過ぎのことにございましてな、その帰邸のあと、離れ屋で定信様と佐野様のお二人が半刻ほど話をしておられました。話の内容までは分かりませんでしたが、なんとのう、張りつめた気がわっしの眼にも確かめられました。ですが、それ以上は佐野様に近付けませんや」

弥助は磐音に報告すると、霧子が茶碗に酒を注いでまず磐音に渡そうとした。

「若先生、定信様が脇差と思える刀を佐野様にお渡しになりました」

「ほう、脇差をな」

と答えた磐音が霧子の差し出す茶碗を、

「まず師匠に飲んでもらいなされ。喉が渇いておられるようだ」

と譲ると、

「若先生、お気持ち頂戴します」

と弥助が茶碗を霧子から受け取り、ごくりごくりと喉を鳴らして飲んで、

「美味い」

と洩らした。

三

楓川に止めた苫舟の中でしばし考えた末に、磐音は松平定信の動きを見守る行動をやめる決意をした。その考えを披露すると、弥助が、

「わっしも若先生の考えと同じでございます」

と賛意を示し、

「直心影流尚武館坂崎道場がこれ以上幕閣の争いごとに関わるのは、決してよいことではございません」

と言い切った。

「いかにもさよう。それがし、佐野様の身を考えるあまり、大事なことを失念いたしており申した。直心影流尚武館の本分をいささか逸脱していたことに気付かされた」

発端は佐野善左衛門政言だった。

その佐野が田沼意次、意知父子に対抗するため白河藩主の松平定信を頼ったか、あるいは磐音が知らぬ理由により松平邸に身を匿われたか。いずれにせよ、これ以上幕府の人脈を忖度《そんたく》し関わりを持つことは決してよいことではないと思った。

「剣者がなすべきこと」

とは違う方向に引きずられていた。

松平定信が磐音と師弟の契りを結んだ人物であれ、定信は名君と評判の高い八代将軍吉宗の孫であり、歌人にして国学者田安宗武の七男として、幼い頃から、

「英明」

の誉《ほま》れ高い人物であった。

定信の行動に磐音が関わる理由はなかった。

「弥助どの、小梅村に戻りましょう」

磐音の言葉を受けて霧子が、

「番小屋にこのことを知らせに参りましょうか」

「いや、今宵はこのまま引き上げ、明日にも改めて木下一郎太どのと番小屋には
お詫びとお礼を申すことにしよう」

よし、と利次郎が言い、苫の中から出ると猪牙舟の艫《とも》に立った。

辰平が舫い綱を解き、杭を押して舟を楓川の真ん中に押し出した。

利次郎の櫓がしなり、舟は日本橋川へと進み始めた。そして、日本橋川に出た
とき、霧子が苫の中から出て利次郎の漕ぐ櫓に手を添えた。

「ご苦労であったな、霧子」

「利次郎さんこそ、形まで変えて大変でしたね」

二人が互いを労《いたわ》り合った。

「おれはつくづく運に見放された男だ」

「どうされました」

「過日、番小屋に立ち寄った折り、おこん様が誂《あつら》えてくだされた真新しい薄袷と

袴姿であった。そなたに見せとうてな、勇んで番小屋に乗り込んだが、そなたはおらなんだ。そして、この形のときにそなたと会うとはな」

「いえ、形はどうでもようございます。利次郎さんの心根が大事なのです」

「そうか、そうだな」

二人の漕ぐ櫓に力が入った。

「ああっ」

と辰平が悲鳴を上げた。

「どうなされた」

磐音が訊いた。

「われら、二八蕎麦を食い損ねましたぞ。弥助様の飲まれた徳利も茶碗も返しておらぬ」

「辰平さん、わっしが二朱支払っております。それにしても、蕎麦を食い損ねるなど、わっしらの迂闊《うかつ》さには呆れましたな」

「弥助どの、われら、注意がそれほど散漫になっておったのです。あれこれと騒ぎが続きましたからな」

と磐音が自戒を込めて言うのへ、利次郎が、

生」

「若先生、引き返しますか」

と尋ねた。

「この貧乏徳利を返さず蕎麦を食わずに逃げた詫びの始末は、わっしが明日にもつけます。銭は一応払ってあるのです。このまま小梅村に戻りませぬか、若先生」

と弥助が言い、磐音が頷いた。

弥助が茶碗を磐音に持たせ、酒を注いだ。

「去りゆく春の宵、大川で酒を酌み交わすのも一興でございますよ」

弥助がしみじみとした声で言ったが、その声音に疲労があることを磐音は感じ取っていた。

小梅村に疲れ切った五人が戻ったのを見て、季助が改めて湯を沸かしてくれた。それに交替で入り、遅い夕餉を食した。おこんとともに小田平助も台所の一座に加わり、楓川の顚末《てんまつ》を聞いた。

「あれあれ、五杯の二八蕎麦はどうなるのでしょう」

「おこん様、大丈夫でございますよ。なかなか人気の蕎麦屋でございましてな、わっしらがいなくなったと知ったら、あの蕎麦屋、抜かりなく次の客に回していましょう」

と笑った。

「われら、注文した蕎麦を忘れるほどに気が散っておったのだ」

磐音が苦笑いし、言い添えた。

「こたびのこと、よか判断やったと思うばい。尚武館が御城ん中の政《まつりごと》やら人事に巻き込まれちゃいけんたい」

平助も磐音と弥助の判断に同意した。

そのとき、台所にお杏が姿を見せた。

「ご一統様、お邪魔して宜しゅうございますか」

「ちょうどよかったわ。お杏さん、うちの身内が二人戻ってきました。弥助さんと霧子さんです」

おこんが紹介し、お杏が、

「博多から参りました箱崎屋の杏です。しばらくこちらにお世話になります。宜しくご指導ください」

と挨拶した。

「辰平さんも隅に置けませんね。福岡に逗留していたとは姥捨の郷で聞いていましたが、箱崎屋さんの娘御と昵懇とはね」

と弥助も驚き、霧子が、

「辰平さん、おめでとう」

と祝いの言葉を口にした。

「霧子、祝いはちと早い」

お杏の登場に座が賑やかになった。思いがけなくも台所での深夜の集いになった。近頃、あまりの多忙に信頼できる身内や仲間との話し合いが欠けていたと、磐音はつくづく反省していた。

「明日から改めて尚武館の足元を固めよう」

磐音が自らに言い聞かせるように呟き、おこんが、

「辰平さんは暇を作って、お杏さんの江戸見物にお付き合いなさいませね。これまで二人の胸の中に秘めていた想いを互いに話し合うのです」

お杏はおこんの言葉に素直に頷いたが、辰平は、

「それがしだけがそのようなことでは、剣術の対抗戦を狙う若手連に示しがつきません」

と尚武館の務めが疎かになると案じた。

「辰平さん、杢之助さんや小太郎さん方に模範を示すのは、剣術だけではありませんよ。若い方々は辰平さんや利次郎さんの生き方を含めて憧憬《しょうけい》の眼差しで見ておられるのです。お杏さんがおられるからといって、辰平さんが我を忘れて有頂天になるようなことはございません。このこんがとくと承知しています。お杏さんは何百里も旅をして辰平さんに会いに来られたのです。お杏さんと二人だけの時間《とき》をできるだけたくさん作るのは、人の情として当然のことです。それ以上のおもてなしはございませんよ」

おこんの言葉を吟味していた辰平が頷くと、おこんに頭を下げた。

「お杏さん、辰平と二人だけの刻を過ごすのもよいが、われら尚武館の面々と一緒に江戸見物にも付き合うてくだされ。辰平はそれがしと違い、慎重居士《こじ》です。ところがおかしなことにぽかりと抜けて、時に失態もやらかします。それがしがあれこれと、辰平の隠れた一面をご披露しますからな」

「利次郎さん」

と霧子の声が飛んだ。

「霧子、よきところも悪《あ》しきところも知った上で、これからの先が見えてくるのだ。辰平は澄まし返っておるが、これでなかなかだからな。つい先日も」

「仰ることは分かりました。その先は辰平さんがお杏さんに直に話されることです」

「ふーん、友たるそれがしの出番はないのか、霧子」

「ございません」

「あのことも口にしてはだめか」

「あのこととはなにか存じませんが、だめです」

利次郎と霧子の会話を聞いていたお杏が笑みの顔で、

「お二人のことは辰平様から聞いておりました。羨《うらや》ましいほどの間柄です。私どもの手本です」

「そうか、ならば」

「利次郎さん」

霧子の声音が変わったのを見て、やはりだめかという顔をした。

くすくす
と笑い出したお杏が、

「霧子さん、利次郎様はなんとも素晴らしいお方ですね。お二人が辰平様と仲がよいこともよく分かりました」

　と言い、

「利次郎様、一昨日のことです。辰平様は旅籠の筑前博多屋から私を連れ出され、湯島天神に案内してくださいました。そして拝殿の前で、牢屋敷に閉じ込められた経緯の一部始終をこの杏に話してくださいました」

「なに、辰平があの一件をお杏さんに話したか」

「はい。若先生をはじめ、お仲間に迷惑をかけたが、必ずや助け出しに来てくれると信じていたとも話してくださいました。今晩、皆様とお会いして、坂崎様とおこん様を中心にした一族ということを得心いたしました」

　お杏が話を締め括《くく》った。

「利次郎さん、分かりましたね」

「霧子、ああ、分かった。辰平とお杏さんの間には隠し事はないということがな」

「この霧子には隠しごとはございませんか、利次郎さん」

「えっ、突然矛先を変えるでないぞ。あるわけもない。そなたは占い師のようにこちらの胸の中を読み取るでな、隠しごとなど断じてない」

　と利次郎が言葉を強めた。

次の日、朝稽古が終わりに近付いた頃、慈姑頭《くわいあたま》の若い医師が尚武館坂崎道場を訪れた。

季助に知らされた磐音が尚武館の玄関に出てみると、桂川甫周国瑞が抱える見習い医師の荒下田《あらしもだ》一平《いっぺい》であった。

道場では住み込み門弟らが「大名諸家対抗戦」の候補者六人を相手に猛稽古を繰り返していた。

「どうなされた」

「わが師、桂川甫周の使いにございます」

「ご苦労にございました、お伺いいたします」

「本日、芝二葉町裏の阿波屋の家作に河股新三郎どのを先生とともに訪ねました。ところが河股どのの姿が長屋にはなく、住人は昨日より姿が見えぬと口々に答えました。その足で阿波屋を訪ねたところ、昨日の早朝、西国遍路に出ると、店賃を添えた河股新三郎どのの書き付けが表戸に挟んであったそうでございます」

「あの体で西国遍路にでござるか」

「このところ、先生の処方した薬の効きがよいと長屋の連中に話していたそうな。

とはいえ、先生はあの病に取り憑かれた身で西国遍路は無理であろうにと仰っておりました」

「相分かりました。桂川先生にくれぐれも宜しくお伝えください」

荒下田一平が尚武館の門から消えた。

磐音が玄関先に佇んでいると、弥助と平助がやってきた。

「河股新三郎様が西国遍路に発《た》たれたそうな」

「なんと、あの体ででございますか」

「無茶たい」

「いかにも無茶にござる」

「若先生、河股新三郎様は肚《はら》を固められたのでございますな」

「弥助さん、若先生に勝負を挑むちゅうことな。辰平さんに肱砕きを外されたとばい。若先生に通じめえもん」

「小田様、河股様は剣術家としての死に場所を探していなさるようだ。坂崎磐音様なら直心影流の頂点におられる。相手にとって不足なしと考えられたのではございませんかえ」

「迷惑な話たいね。若先生、どげんすると」

「河股新三郎様の考えを避けようもありますまい。その折りはその折りのことにござる」

「勝負を受けるち言われると」

「同じ直心影流を学んでこられた先達の願いならば、受けざるをえないでしょう。平助どの、弥助どの、このこと、お二人の胸に納めておいてもらえませぬか。おこんや門弟衆を心配させることもございますまい」

「まあ、勝負にならんものね」

「平助どの、勝負は時の運にございます」

磐音の言葉を聞いた小田平助がしばし沈黙して口を開いた。

「万が一たい、剣術家坂崎磐音が後《おく》れを取るときはくさ、相手の河股新三郎に同情して手を緩めたときたい。ばってん、ただ今の若先生には慢心もなか、憐憫《れんびん》もなかろう。剣術家と剣術家がくさ、気ば張って戦うときはくさ、勝敗の行方は分かっとるたい」

磐音は平助の言葉を黙って聞き、頷いた。

「若先生、わっしは八丁堀に参り、木下一郎太様に見張り所を引き上げることをお伝えし、蕎麦屋を捜して空の徳利と茶碗を返してきます」

弥助が言い、磐音は再び頷くと道場に戻った。

霧子の漕ぐ猪牙舟で八丁堀に向かった弥助は、おこんから木下家への土産を持たされていた。そんな弥助が霧子とともに小梅村に戻ってきたのは、夕暮れ前のことだった。

磐音がちょうどおこんに、

「明後日、月参りに行こうと思う」

と声をかけたところだった。

おこんは知らなかった。東叡山寛永寺《とうえいざんかんえいじ》境内にある東照大権現宮に接した別当寒《べっとうかん》松院《しょういん》の隠し墓地に佐々木玲圓とおえいが眠っていることを。

とはいえ佐々木玲圓存命の折りから、

「月参り」

は佐々木家の主に課された仕来りであったため、おこんも、

「どこへ参られますので」

などという問いは発しなかった。

「畏まりました」

と受けたとき、弥助と霧子が母屋に姿を見せた。

「ご報告申し上げます。木下一郎太様には、非番月ゆえ役宅にてお目にかかり、見張り所を引き上げることのみを伝え、了解いただきました。おこん様の手土産、菊乃《きくの》様は殊《こと》の外《ほか》喜ばれました」

おこんは木下菊乃に、頂戴物の宇治茶と干し椎茸《しいたけ》と湯葉を持たせていた。

「それはよかったわ」

「二八蕎麦屋には、仕込みをしている最中に会い、貧乏徳利と茶碗を返して詫びを入れておきました。蕎麦屋も前払いしたけど贋金《にせがね》じゃねえかってんで、わっしが渡した二朱を仔細に調べたそうでございますよ」

と弥助が苦笑いして報告した。

その表情が急に険しくなった。

「若先生、余計なこととは重々承知しておりましたが、本材木町まで舟でのしたついでに、松平定信様の屋敷を堀伝いに見て回ろうとしておりますとな、なんと袋に入れた刀を一振り提げた佐野善左衛門様が姿を見せられ、あの界隈の船宿から手配させていたと思《おぼ》しき猪牙に乗って、日本橋川へと向かわれたじゃございませんか。そこでわっしらはその猪牙舟を追っていきましたので」

「佐野様の様子はどうであった」

「なんぞ物思いに耽っておられるようで、わっしらがつけているなんぞ、全く頭にございませんや。わっしらのほうが、田沼一派が辺りにいないか見回したほどでございますよ」

「佐野様はどちらに参られたな」

「神田川を遡《さかのぼ》って市谷御門内麴町《こうじまち》のお屋敷に戻られました。舟を返した感じから察するに、なんぞ心に決めてお屋敷に戻られた様子にございました」

「なにをまた考えられたか」

「わっしと霧子は、直参旗本の佐野家が新番士の職を大事になさることを、心に決められたのではないかと話し合うたところでございますよ」

「というと、しかるべき時期にご奉公に戻られ、御城に上がられるということであろうか」

「違いますかね」

「あれほど推量がつかぬお方もおられぬ。これまで推測が当たったためしがござらぬ」

「ともあれ様子を見守っていくしかないかと、霧子と決めたところでございます。

それでようございますか」

磐音はしばし考えた末に、

「それしか方策はござるまい。ただ今われらのほうから佐野様に話しかけたとしても、どうにもなりますまい」

「聞く耳はお持ちじゃございませんよ、若先生」

「ならば時折り佐野屋敷の様子を窺うてください」

畏まりましたと弥助が言い、終始無言だった霧子と母屋から下がっていった。

磐音は釈然としない想いを胸底に抱いて、

「なにか大事なことを見落としている気分」

に苛《さいな》まれていた。

その夜、一通の飛脚便が磐音のもとに届けられた。だが、差出人の名はなく、おこんは磐音がなにか書状の内容について触れるかと思ったが、

「やはり明日、月参りに行くことにしよう」

とだけ言った。

四

早めに朝稽古を終えた磐音は、朝餉《あさげ》と昼餉を兼ねた膳の前に座し、黙々と食べ物の味を嚙《か》みしめるように食し終えたのち、おこんの淹れた茶を喫した。

この朝、磐音は台所で食べた。一人だけの膳を早めに出す手間を少しでも減らそうと自ら台所を選んだのだ。

小梅村の台所には、住み込み門弟やら通いながら時に食事を摂《と》る速水兄弟らのために膳が用意されていた。その中にお杏の姿があるのを見て、

「どうじゃな、箱崎屋のほうが奉公人は多かろうが、奥に暮らすお杏どのは、争うように箸を動かして食べる男衆の姿はご存じあるまいな」

「いえ、私は御城住まいをしているわけではございません。それに私は末娘、幼い頃から蔵や台所など好き放題に入り込み、お店の様子もとくと承知しております。四つの夏、蔵の中で寝込んで家じゅうを騒がせたこともございます」

「ふっふっふ、お杏さんが天真爛漫《てんしんらんまん》に育たれたとは、まるで深川六間堀育ちのだれかさんのようね」

とおこんが笑った。

「ならば辰平どのらが食べる風景を見ても驚かれまい」

と呟いた磐音が、

「おこん、仕度を願う」

と台所から下がり、すでに用意されていた紋付き袴に着替えた。紋どころは坂崎家のそれではなく、佐々木家の桔梗《ききょう》紋だ。

仕度を終えた磐音は仏間に入り、線香を手向けると数珠《じゆず》を手に佐々木家の位牌《いはい》を拝み、数珠は左手首に掛けたまま立ち上がった。その腰に磐音は一尺一寸三分の短刀を差した。

梨子地葵紋螺鈿《なしじあおいもんらでん》腰刀は、小さ刀拵えの見事なものであった。

徳川家康から「康」の一字を許された越前《えちぜん》の刀鍛冶、初代康継《やすつぐ》の作刀だ。この短刀の茎《なかご》の裏銘には、

「以南蛮鉄於武州江戸越前康継《なんばんてつをもつてぶしゆうえどえちぜんやすつぐ》」

と刻まれていたが、今一つ秘密が隠されていた。鍛冶の銘を返すと表銘に、

「葵の御紋」

と、

「三河国佐々木国為代々用命　家康」

の文字が刻まれていた。

この短刀の秘密を知る者は手入れをした鵜飼百助《うかいももすけ》と磐音だけだ。そして磐音は、大刀に五条国永《ごじょうくにいなが》を選んだ。

おこんは、磐音が外出に際して、神保小路の佐々木家の敷地に長い歳月甕《かめ》に入れられ埋められてあった大小を差した姿を初めて見た。

（もしや）

おこんは磐音が独りでなにかを決行しようとしているのではないかと思った。だが、胸の不安を口にすることはなかった。いつもどおりに、

「行ってらっしゃいませ」

と送り出した。

尚武館の門に弥助が待っていた。

「向こう岸まで送りましょうか」

「いや、竹屋ノ渡しで参ろうかと思う」

月参りの日の磐音は必ず渡し船に乗ることを承知の上で尋ねた弥助が頷くと、隅田川の左岸の河岸道を磐音に従った。

しばし無言で歩く二人の姿を霧子と白山が尚武館門前から見送った。

二人の間には他のだれをも拒む緊張が漂っていた。

「若先生、なんぞございますか」

昨日の今日だ。磐音は一晩熟慮したはずだと弥助は考えていた。

「弥助どの、神田橋を見張ってもらえぬか」

磐音が淡々とした口調で命じた。

「佐野善左衛門様が、松平定信様から頂戴した脇差で田沼意次様を襲うと考えられましたか」

「弥助どのの考えはどうか」

「そのことを考えなかったわけではございません」

と応じた弥助が、

「よしんばあの癇性な佐野様が独り田沼様を襲ったとしても、田沼様の身辺は屈強な家臣たちで守られております。反対に滅多斬りにされる恐れがございます」

弥助の口調には、田沼意次の登城の行列を承知していることがありありと窺えた。

「それならばそれで致し方なき仕儀にござる」

弥助は磐音の言わんとする真意を悟った。

磐音はあくまで田沼意次の首は、己《しるし》の手で落とす覚悟なのだ。この行動があってこそ、徳川家基や佐々木玲圓、おえいの仇を討ったことになると考えているのだ。

だが、仇を討った暁《あかつき》には直心影流尚武館坂崎道場はどうなるのか。

幕府は老中を殺害した坂崎磐音の行動をよしとすまい。当然厳しい沙汰《さた》が下るはずだと弥助は内心案じていた。

いや、志に殉じる磐音はよい。だが、おこんや空也にまで死の宣告が下ると覚悟したほうがいい。あれほど身内思い、門弟思いの磐音がそこまで巻き込んで決行するか、弥助には判断がつかなかった。

「弥助どの、老中田沼意次様を佐野善左衛門どのの私憤で殺《あや》めさせてはならぬ」

「わっしに田沼意次様を見張り、田沼様に危難が及ぶ場合は助けよと申されますか」

弥助の言葉は険しかった。

二人の前に渡し船が見えた。

河岸道から河原へと二人は下りた。

「あの日以来、それがしはなんのために生きておるのか」

磐音が自問するように言った。その言葉に、身内や門弟を巻き込むことへの恐れと逡巡を弥助は感じ取った。

「坂崎磐音様、神田橋を見張ります」

と弥助が答え、

「頼みます」

と磐音が願った。


磐音が東叡山寛永寺境内の一角にある東照大権現宮の拝殿に詣でたのは昼前の刻限だった。

五条国永と小さ刀造りの康継を拝殿に供えて拝礼した。

再び腰に佐々木家の護り刀二剣を差し戻し、最後に一礼すると踵《きびす》を返した。

訪ねた先は東照大権現宮別当寒松院の墓地だ。

晩春というのに陽射しを拒む武蔵野の原生林に囲まれて、墓地を木《こ》の下闇《したやみ》が覆っていた。

墓地の無人の小屋で閼伽《あか》桶《おけ》と柄杓《ひしゃく》を借り受けた磐音は、奥まった一角から水音を立てる岩清水を閼伽桶に溜め、自然石の苔《こけ》むした墓石の前に立った。石にはただ違《ちが》イ剣《けん》の紋が刻まれてあった。

佐々木家の隠し墓だ。

磐音は羽織を脱いで墓石のかたわらに立つ梅の枝に掛けると、五条国永を鞘ごと腰から抜いて苔むした墓の前に置いた。そして、墓石の周りを清めた。

鬱蒼《うっそう》とした中、光がゆるゆると西に傾き、樹幹を割った陽射しが佐々木家の墓石を一瞬照らした。

磐音は清掃の具合を確かめると、残った閼伽桶の水で手を清め、空になった閼伽桶と柄杓を小屋に戻した。

そして持参した火打ち石と付け木を使い、火を熾《おこ》すと線香に移した。

磐音は火のついた線香を手に墓の前に戻った。

線香を手向け、数珠を両手にかけて合掌した。

長い瞑目であった。

不意に磐音の耳に玲圓の声が響いた。

(迷うておるか)

(凡人でございますれば)

（われらの仇を討ったとて、新たに哀《かな》しむ者が生まれるだけぞ）

磐音は玲圓の声をしばし懐《なつ》かしむように聞きながら無言を貫き、

（人の行く末を定めるのは人ではあるまい）

（なんでございますか）

（来し方よ。過ぎ去った歳月がその者の生き方を評する）

（養父上《ちちうえ》はそれがしに手を下すなと申されますか）

（磐音、死者より生者の気持ちを慮れ）

「死者より生者の気持ちを」

と呟く磐音は佐々木家の墓所に侵入する者を感じ取った。

磐音は両眼を見開くと数珠を小袖の懐に差し入れ、五条国永を手にして振り向いた。

岩清水の湧《わ》き出る岩場の前に老剣客が佇んでいた。

直心影流同門の士、河股新三郎だった。

「お加減はいかがか」

「要らざる問いじゃ」

尚武館に姿を見せたときより頬は削げ落ちていた。だが、頬に赤みが差して気力は充実しているように見受けられた。

「修行二十有余年の成果を確かめられますか」

磐音の問いに答えはない。決断した者はこれ以上の会話を拒んでいた。

「尋常な勝負、お受けいたします」

「いざ」

河股新三郎が破れ笠の紐を解いて捨てた。蓬髪《ほうはつ》は白髪《しらが》だった。

「最後に一つだけ訊かねばなりませぬ。河股様がそれがしの跡をつけてきた気配はなし。この墓地が佐々木家に所縁《ゆかり》の墓所と、どこでどう知られましたな」

ふうっ
と河股新三郎が息を吐き、つかつかと間合いを詰めて、磐音から四間で足を止めた。

「その答えなくば、立ち合うことを拒み申す」

河股新三郎がしばし沈思した。

「われは長沼活然斎様に破門になったのではない。活然斎様は、同門の神保小路の佐々木道場に嫉妬しておられた」

「同門の士がなにゆえでございますな。速水左近様の記憶では、そなた様がおられた天徳寺門前の直心影流長沼道場は、門弟の数にしても神保小路を凌《しの》いでいたとのこと。嫉妬なさる謂《いわ》れがございましょうか」

「坂崎磐音、長沼活然斎様は、御城の傍に門を構える佐々木道場の秘密に嫉妬しておられた。ゆえにそれがしに佐々木玲圓の行動を見守り、謎を摑めと命《めい》を下された」

「なぜさようなことを」

「それがしは御馬場の番士の倅よ。仕官も叶わず食するにも窮しておった。それを見た師はそれがしに黙契《もっけい》を提案なされた」

「佐々木家の秘密を探り出せば、なんぞ褒賞《ほうしょう》をと、活然斎様は約されましたか」

「おお」

「わが養父をつけ回し、この墓所を知られましたか」

「長沼道場がいくら名声高く門弟数で神保小路を凌ごうとも、佐々木道場には敵わぬ」

「と、そなた様は悟られましたか」

「いかにも」

「して、知られた秘密とは」

「佐々木玲圓の後継ならば、とくと承知しておろう」

「そなた様は破門というかたちを装い、修行の旅に出られましたな」

「活然斎様は、そなたの生きる道は佐々木玲圓を斃《たお》すことにあり、だがそなたの腕ではただ今の佐々木玲圓には敵わぬ。必死の修行ののちに玲圓を斃す技量に達した暁には天徳寺門前の道場を譲ると約された」

「なんということを」

「明和九年の大火事がそれがしの夢をすべて消し去った。修行の途次、病にかかり、江戸に戻ってみると、佐々木玲圓も家基様に殉死したと聞かされた」

「佐々木玲圓の後継のそれがしを斃すことが、最後に残された願いと申されますか」

「さよう」

「無益なことにございます」

「問答無用。それがしの二十有余年の修行を見よ」

「致し方ございません」

磐音は、
すすすっ

と墓前から一間ほど下がった。

その分、河股新三郎が間合いを詰めてきた。

ちょうど佐々木家の、玲圓の墓を前に両者が対峙した。

(養父上、ご覧くだされ)

磐音は胸中で呟いた。だが、その呟きに玲圓が応える気配はなかった。

河股新三郎が腰の一剣を抜いた。病に臥しながらも、折りを見て自ら研ぎを為した刀だった。

磐音は南北朝期の山城国《やましろ》の名工、長谷部國重《はせべくにしげ》の作刀、

「へし切長谷部」

と直感した。織田信長が自分の意に背いた茶坊主を一太刀で、

「圧《へ》し斬った」

ことから名付けられた異名で、切れ味優れた長谷部國重の作刀を指した。

なぜ馬場の番士の倅が万金を出しても買えぬ國重を二十数年前から所有していたか、磐音には分からなかった。

「お相手仕る」

磐音は五条国永を抜くと正眼に構えた。それを見た河股新三郎が左脇構えにへ

し切長谷部を置いた。

河股新三郎は得意の肱砕きの一撃に勝負を賭けていた。労咳を患った身では長勝負は不利だ。

ただ一撃に剣術家河股新三郎は賭けた。

磐音は正眼に構えた瞬間から無念無想、すべての経緯を超えて無の境地に心身をおいた。

すうっ、はっ
と河股新三郎の息を整える音だけが寒松院の墓所に響いていた。河股の形相が変わった。顔が紅潮し、はーっと長い息を吐き、へし切長谷部が肩口に引き付けられ、動いた。剣身一体となって踏み込んできた。

磐音は動かない。

「春先の縁側で日向《ひなた》ぼっこをしながら、居眠りしている年寄り猫」

さながらに長閑《のどか》に待ち受けた。

磐音の右肘に殺気が怒濤《どとう》のように押し寄せてきた。

だが、年寄り猫は未だ眠りから覚めない。

「おりゃ」

河股新三郎の口から勝鬨《かちどき》の声が上がった。
その瞬間、河股の一撃に託した肱砕きが揺れた。
磐音の正眼の五条国永が、
すうっ
と風の如く吹き抜けると、
ぱあっ
と河股新三郎の喉頸《のどくび》を断ち斬っていた。
新三郎の体がよろけて磐音のかたわらを流れ、必死で踏み止まろうとした。だが、堪えきれず前のめりに崩れ落ちた。
「お、見事」
と河股の口からこの言葉が洩れて、肱砕き新三は死んだ。
磐音は血振りをくれると、五条国永を鞘に納めた。念仏を口の中で誦《ず》し、河股新三郎の骸《むくろ》に合掌した。
(磐音、それがしの始末をまた一つさせたな)
磐音の耳に玲圓の声が流れた。

辰平はお杏とともに道場から母屋へ向かおうとしていた。

竹林を過ぎ、青紅葉の楓林に差しかかったとき、老紅葉を見上げた。

空蟬が微風に揺れていたが、
ふわり
と風に乗って幹を離れると、虚空で粉々になりながら地面に散った。

空蟬は生まれてきた地に戻った。土に還った。

その一瞬の光景を、辰平の背後にいたお杏は見ていなかった。

「どうなされました」

お杏が、不意に立ち止まった辰平の行動に訝しさを感じて尋ねた。

「いえ、見慣れた景色がいつもと違うようで」

「いつもとは違う」

「はい」

「私がおそばにいるからでしょうか」

「いえ、お杏さんにはこれからずっと、それがしのかたわらにいていただかなければ困ります」

空蟬は老紅葉の幹から土に再び戻った。

辰平は、河股新三郎が亡くなったことを悟った。

老剣客が病の果てに斃れたと思った。

辰平はお杏を老紅葉の下に招いた。

「お杏さん、この老紅葉はそれがしの護り神なのです」

「湯島天神の祭神菅公様のほかに護り神がおありですか」

「剣術家は心弱き者なのです。あれこれと護り神をこしらえては日々を生きる人間なのです」

正直な気持ちを告白した辰平は、地に戻った空蟬のことを胸に秘め、老紅葉に向かって合掌した。するとお杏もそれに倣った。

老紅葉の下の二人の肩がいつしか寄り添い、触れていた。

天明四年、弥生三月二十三日のことだった。

あとがき　イワネの真実

新春明けましておめでとうございます。

『居眠り磐音 江戸双紙』シリーズをご愛読いただき、真に有難うございます。あとがきを借りまして厚くお礼を申し上げます。

第一巻『陽炎ノ辻』が上梓されたのが二〇〇二年四月十日、十二年も前のことでした。めでたき新春に四十五巻をなんとかお手もとにお届けすることができました。これもひとえに読者諸氏の支えがあればこそ、感謝の一語にございます。

これまで『居眠り磐音 江戸双紙』の物語は作者の体調に合わせつつ、乏しい創造力に頼って思い付くままに展開してきました。

そんな徒然の十年余の間、『居眠り磐音』の誕生の経緯を作者はあちらこちらで喋ったり書き散らしたりしてきました。初期、質問が多かったのは、

「どうして時代小説の主人公に磐音という名をあてたのか。清左衛門とか繁三郎

ではだめなのか」

というものでした。その都度、おぼろな記憶を頼り、

「幼い頃の同級生に、イワネさんがいたので拝借した」

と答えていました。


昨秋、熱海の拙宅に訪問者があり、家人に「私がイワネです」と名乗られたとか。私はだれかが悪戯でもしておるのかと表に出てみると、三人の紳士が石畳に立っておられ、そのうちのお一人が、

「私がイワネでございます」

と名刺を差し出されました。名刺の名前を見たとき、ふうっ、と半世紀以上も前のことが私の脳裏に浮かびました。眼前の紳士の姓名の漢字は坂崎磐音とは違っていますが、間違いなく私が「音」で記憶していたイワネさん、その人物でした。

「折尾の」

「はい。『居眠り磐音 江戸双紙』読本などを読むと同級生として記憶しておられるようだが、私は先輩です」

と言葉を継がれ、落ち着いた物腰で訂正されました。ただ今では東京在住とか、この日はゴルフ帰り、熱海に立ち寄ったついでにふと思いついてわが家を訪ねられたとのこと。

いやや、驚きましたね。虚構の物語の主人公の名のもとになった人物が忽然と作者の前に現れるとは。これもシリーズの功徳でしょうか。

話をして分かったことは、イワネ氏の妹御が私と同級生で小中高もいっしょだったとか。イワネ氏が生徒会長をしていたことがあり、下級生の私の頭に強く刻みつけられたのではないか、などということでした。

十二年前に新たなシリーズを企てたとき、『居眠りナントカ江戸双紙』と通しタイトルを考え、三音のイワネを遠い記憶から探りあてたのです。七五調はもっとも日本人に馴染みがある調子で覚え易いことが私の潜在意識にあったのかもしれません。

長いシリーズの中で一度、磐音の姓を佐々木に変えております。物語の展開の中で必然に従ってのことでした。同時に「坂崎磐音」で定着したものを「佐々木磐音」に変えたとき、物語に、作者の気持ちに違和が生じたのも確かです。推量

するに、多くの読者もまた作者と同じ感想を持たれたのではないでしょうか。むろん佐々木に変えたときから、

「やはり坂崎磐音で物語を完結するべきだ」

との考えはありました。そして、坂崎磐音に戻りました。

あと五巻、かな。坂崎磐音の物語は大団円を迎えます。長いこと付き合い、応援してくださっている読者諸氏に納得していただけるフィナーレを模索する日が続きます。

平成二十六年が皆々様に、日本に、世界にとって少しでもよい年でありますように。

佐伯泰英

巻末付録

江戸よもやま話

老い――「月代」の理由《わけ》

文春文庫・磐音編集班 編

二十余年に及ぶ廻国修業から江戸に戻ってきた老武芸者。不治の労咳《ろうがい》を患いながらも、真剣勝負にこだわります。彼に剣術家として最後まで全うして欲しいと願う磐音に対して、金兵衛はこう喝破《かっぱ》するのです。武士の一分とか剣術家の意地とか厄介なもんだ、仇を討ったほうも討たれたほうも嘆き悲しむ家族がいるんだぜ、と。生きるにしても、死ぬにしても、剣術家として筋を通す難しさに、磐音は悩みます。

さて、かの老武者は五十歳そこそことされ、現代ではまだまだ現役世代ですが、江戸の社会では高齢と認識される年齢でした。今回は、武士が「老い」をどう受け止めていたのか、探ってみましょう。

人は何歳になると老人や高齢者と呼ばれるのでしょうか。現代では、多くの場合、還暦を迎える六十歳過ぎに「定年退職」があり、現役とは区切りが引かれます。

一方、幕府や藩に仕える武士には、まず「定年退職」がありませんでした。病気や老年、老衰を理由に役職を退き隠居することは認められていたものの、幕臣の場合、病気での隠居は四十歳以上、老衰による隠居は七十歳以上にならないと請願できませんでした。各藩の藩士も、七十歳でようやく隠居が許される場合が多かったようです。七十歳とは、儒教で「老」といい、家事を子孫に任せて世話になる年齢とされたことから、引退を許される年齢とされたのでしょう（ちなみに、五十歳＝「艾《がい》」は重職に就き、六十歳＝「耆《き》」で人を指揮する役になる、とされました）。

それは同時に、本人が元気である限り、ずっと現役という意味でもあります。天保《てんぽう》五年（一八三四）、七十歳以上で現職の幕臣（とくに格の高い旗本）のリストが残されています（『甲子夜話《かっしやわ》』）。最高齢は西丸の槍奉行を務める堀直従《ほりなおより》という旗本で、驚くなかれ、御年九十四！　翌年には職を離れますが、明和《めいわ》八年（一七七一）に小普請組入りして以来、番方（武官）一筋、六十四年。彼を筆頭に、八十代は十人、七十代は三十九人と続き、老いても矍鑠《かくしゃく》とした古強者が目に浮かびます。

江戸前期、八十五歳の長寿を全うした天野《あまの》長重《ながしげ》という旗本は日記（『思忠志集《しちゅうししゅう》』）にこう記しています。「忠と謂《いわ》ば死なざる事を第一にし、命捨るを安んずる、是を第二とすべき事」、つまり、健康第一に長生きして仕事に励むことが「忠」である、と。長重は身体が頑丈であることを第一として、武芸から、適度の歩行、園芸、房事の抑制まで、自身の健康を厳しく管理していました。島原の乱に参加した唯一生き残りの旗本として長く精勤したことを七十歳のときに賞され、八十一歳まで幕府の職にありました。

長く現役であれば、それだけ出世のチャンスにも恵まれます。大岡越前《おおおかえちぜん》こと大岡忠相《ただすけ》は、高齢になっても出世を遂げた人です。延宝《えんぽう》五年（一六七七）に幕府旗本の子として生まれた忠相は、享保《きようほう》二年（一七一七）、八代将軍徳川吉宗《とくがわよしむね》に、四十一歳の若さで江戸町奉行に抜擢《ばつてき》されます。六十歳で寺社奉行に栄転、七十二歳で奏者番兼任を命じられ、領地は加増されて一万石となり、念願の大名に昇格しました。町奉行から大名となったのは、江戸時代を通じて忠相ただ一人で、もちろん将軍吉宗の強い後ろ盾があったにせよ、健康で長寿だったことが類稀《たぐいまれ》な昇進を可能としたのでしょう。吉宗に対する忠勤は最晩年まで続き、六十代から腹痛が多発して思うように出勤ができなくなりながらも引退せず、吉宗の葬儀を取り仕切った直後に、七十五歳で死去しました。

「武士道と云ふは、死ぬことと見つけたり」（『葉隠《はがくれ》』）とは、武士の理想としてよく引用されますが、是非もなく死ねと言っているのではありません。常に死ぬ覚悟で臨めば、御家にとって最善の決断・行動が出来る、という心構えを説いたものです。主家、主君に奉公を尽くすという点では、右の老臣たちも心構えは同じであり、いわば「武士道と云ふは、長生きすることと見つけたり」が、幕府官僚の生き方でした。

さて、ここまでは七十代、八十代の元気な高齢者が登場しましたが、江戸時代、高齢者の割合はどれほどだったのでしょうか。

江戸時代初期の平均寿命は三十歳前後、幕末でも三十代後半だったとされます。これは医療技術が未熟で、乳幼児の死亡率が高かったことに因《よ》ります。むしろ幼児期を乗り切り、二十歳まで生存できた者であれば、六十歳以上まで生きることができました。江戸時代後期、二十一歳以上の平均死亡年齢は、男性六十一・四歳、女性六十・三歳で、五十一歳以上であれば七十歳を超えたとする飛騨《ひだ》国（岐阜県）の事例があります。

長生きする者が増えれば高齢化も進むため、江戸中～後期、六十歳以上の人口が十五％を超える地域が全国に広がります。二〇一九年現在、高齢者と呼ばれる六十五歳以上の総人口に占める割合は二十八・四％ですから、意外にも江戸時代は高齢者の割合が高かったといえます。

高齢者が多ければ、介護を必要とする人の割合も増します。珍しいことに、介護の記録が残された事例があります。介護されたのは、八代将軍吉宗です。

徳川吉宗といえば、時代劇「暴れん坊将軍」を思い浮かべる方も多いでしょう。記録には、周囲から頭ひとつ抜けた長身、向かってくる猪を鉄砲で打ち付けたという怪力と胆力、酒好きで美食家、豪快奔放な性格など、ドラマのイメージ通りの姿が伝えられて

図「手はふるふ足ハよろつく歯ハ抜ける 耳ハ聞こえず目はうとくなる」「くどうなる気みじかになる愚痴になる 心はひがむ身は古くなる」など狂歌に老人の特徴を詠む「田家茶話《たけちやわ》 六老之図《ろくろうのず》」（歌川国芳《うたがわくによし》画、国立国会図書館蔵）。

います。しかし、将軍を退いて大御所となった晩年、大病に倒れて後遺症を抱えたことは、あまり知られていないかもしれません。

延享《えんきょう》三年（一七四六）十一月、吉宗は六十二歳のとき、中風《ちゅうぶう》（脳卒中）に倒れます。御側衆《おそばしゅう》の小笠原政登《おがさわらまさなり》の公務日誌（『吉宗公御一代記』）によれば、後遺症は右半身の麻痺と言語障害で、独力で歩いたり、食事をしたりすることが難しく、言葉も不明瞭で、側近でも理解するのに苦労したようです。食事には、箸を使えない吉宗のために、箸を口に運ぶ専属の小姓《こしょう》（少年ではなく、将軍時代から小姓を務めた経験豊かな側近）が指名されました。また、入浴やトイレにも介護が必要で、そもそも歩くときには小姓の介助が必要でした。小姓は吉宗の右側に寄り添い、左の手で吉宗の帯をつかみ、右手で麻痺している右手を捧げ持ちながら一緒に歩いた、と記録されています。吉宗が移動するために、二階へ昇るスロープを作るなど、政登は城内のバリアフリー化も進めています。一挙手一投足に細心の注意を払った介護が必要だったのです。

当の吉宗はというと、ままならない我が身を嘆くでも八つ当たりするでもなく、意欲的にリハビリに励む様子が記されています。発症してからわずか二か月後の翌年の正月、大奥で庭の梅の木まで歩いたのを皮切りに、徐々に歩く距離を延ばしていきます。二月には、「吹上御庭《ふきあげおにわ》」のイチゴ畑や朝鮮人参の栽培園などを見に行き、四月には城外の深川・猿江《さるえ》へ鷹狩りに出かけ、小姓に介添えされながらも、自ら鷹を拳にとまらせて鷭《ばん》を三羽仕留めています。鷹狩りを楽しむまでとは、驚くべき回復です。

なかでも吉宗の症状を何よりも改善させたのは、他ならぬ小笠原政登の献身的な按摩《あんま》、マッサージだったようです。政登は考えました。「大御所様の右手が胸に引き付けられ、手先が鳩尾《みぞおち》にくっついている状態は、筋の気のめぐりが悪いからだ。胸から手にかけての筋を揉んで和《やわ》らげれば、右手も改善されるのではないか」。これを聞かされた吉宗に急《せ》かされて、政登自ら胸部から指先までを一時間ほど揉んでみます。するとどうしたことか、なんと胸についていた右手がほぐれて膝までだらりと落ちたのです！　意味ははっきりしないものの「是《これ》へ是へ」と言って喜ぶ吉宗。政登は「感涙」にむせぶのでした。

　このとき、吉宗は六十七歳、政登は六十六歳。今でいう〝老老介護〟に他なりませんが、単なる主従関係に収まらない、人間同士の絆を感じます。

　江戸後期、儒者で漢詩人の頼山陽《らいさんよう》は、「四十、我が老いに驚く」と嘆きました。一方で、五十歳未満で死ぬのは「夭《わかじに》」だとして、人生は五十歳からが面白いと説いたのは、本草学者の貝原益軒《かいばらえきけん》です。主著『養生訓《ようじょうくん》』には「長生すれば、楽多く益多し」とあります。知らないことを知り、できないことができるようになる長生きは、世の道理だとされ、年寄りは敬われました。ちなみに、武士が頭髪を剃る「月代《さかやき》」。戦国時代に兜《かぶと》を被っても頭頂部が蒸《む》れないように始まったとされますが、この風習が、兜が不要になった江戸時代を通じて廃《すた》れなかった理由は、頭髪が薄くなる中年以上になってもできる髪型だったからではないか、髪を剃る必要のない若者があえて剃ることで老人に合わせているのではないかと言われています。被るのではなく剃る——今とは真逆の発想は、老いへの敬意の表れなのかもしれません。

　とかく「若さ」ばかりに価値が与えられる一方、三人に一人が高齢者という現代。江戸時代の元気な老人に学ぶことは多そうです。

【参考文献】

柳谷慶子『江戸時代の老いと看取り』（山川出版社、二〇一一年）
氏家幹人『増補版 江戸藩邸物語』（角川ソフィア文庫、二〇一六年）
氏家幹人『江戸人の老い』（草思社文庫、二〇一九年）
森田健司『江戸暮らしの内側』（中公新書ラクレ、二〇一九年）

本書は『居眠り磐音 江戸双紙 空蟬ノ念』（二〇一四年一月 双葉文庫刊）に
著者が加筆修正した「決定版」です。

編集協力 澤島優子
地図制作 木村弥世

文春文庫

空《うつ》蟬《せみ》ノ念《ねん》

居眠《いねむ》り磐音《いわね》（四十五）決定版《けつていばん》

定価はカバーに表示してあります

2021年1月10日　第1刷

著　者　佐伯泰英《さえきやすひで》
発行者　花田朋子
発行所　株式会社　文藝春秋

東京都千代田区紀尾井町 3-23　〒102-8008
TEL 03・3265・1211㈹
文藝春秋ホームページ　http://www.bunshun.co.jp

落丁、乱丁本は、お手数ですが小社製作部宛お送り下さい。送料小社負担でお取替致します。

印刷製本・凸版印刷
Printed in Japan
ISBN978-4-16-791629-9